TopBook
饕书客

一 个 人 ， 遇 见 一 本 书

唐 诗 江 湖

蟠桃叔 著

陕西新华出版传媒集团 陕西人民出版社

图书在版编目（CIP）数据

唐诗江湖／蟠桃叔著. —西安: 陕西人民出版社, 2019
ISBN 978-7-224-13330-1

Ⅰ. ①唐… Ⅱ. ①蟠… Ⅲ. ①唐诗-诗歌研究 Ⅳ. ①I207.227.42

中国版本图书馆CIP数据核字(2019)第178703号

出 品 人：宋亚萍
出版统筹：关 宁 韩 琳
策划编辑：王 倩 王 凌
责任编辑：晏 藜 张启阳
封面设计：哲 峰

唐诗江湖

作 者 蟠桃叔
出版发行 陕西新华出版传媒集团 陕西人民出版社
（西安北大街 147 号 邮编：710003）
印 刷 陕西隆昌印刷有限公司
开 本 787 毫米 × 1092 毫米 1/32
印 张 6.5
字 数 100 千字
版 次 2020 年 1 月第 1 版
印 次 2020 年 1 月第 1 次印刷
书 号 ISBN 978-7-224-13330-1
定 价 39.80 元

目录

一、纸上旖旎，笔下逍遥
一出佳句夺锦袍
——唐朝人过的可是“唐诗生活” / 001

二、醉酒邀月，剑气冲天
仙人水边种青莲
——李白上了大唐剑客排行榜 / 023

三、辋川独坐，且待清风
禅心素淡看古松
——王维：躲在辋川做个安安静静的美男子 / 045

四、葫芦飘去，红叶飘来
君读我诗莫疑猜
——唐朝人推广起自己的诗也是蛮拼的 / 059

五、夫子沉郁，厌战厌兵
草堂留得吟诗声
——都说“杜甫很忙”，你知道他忙些啥吗？ / 073

六、茶也吃得，酒也吃得
乐天人作长恨歌
——论写诗，白居易这辈子只服“三个半” / 089

七、章台垂柳，城南桃花
一捧红豆落谁家
——谁说翻遍唐诗都找不到一点儿真爱？ / 109

八、鬼哭神嚎，天荒地老
长爪少年归去早
——李贺终究没能熬过二十七岁这个坎儿 / 127

九、十里扬州，樊川别墅
却道紫薇开何处
——杜牧先生，我们就是喜欢你的风流多情 / 143

十、笔调胭脂，墨染相思
薛涛笺上尽是痴
——这些文艺女青年不愿意靠脸吃饭 / 157

十一、穷苦成癫，嬉笑成仙
故乡原来在长安
——有部美国电影向中国的寒山和尚致敬 / 177

十二、残卷灰飞，孤本烟灭
多少诗篇如花谢
——你读到的每一首唐诗都弥足珍贵 / 189

一

纸上旖旎，笔下逍遥

一出佳句夺锦袍

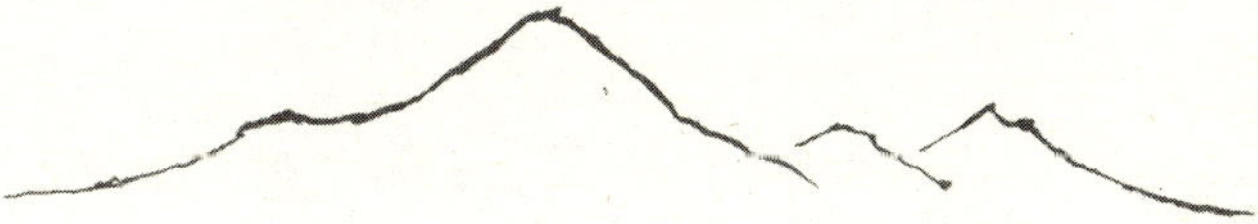

——唐朝人过的可是“唐诗生活”

唐朝是诗朝，长安是诗都。我们回唐朝去瞧一瞧。

唐人笔记记载，长安城中有个卖烧饼的摊贩，每天开张做生意时总要唱段流行歌曲，他最爱唱的是王维的《渭城曲》：

渭城朝雨浥轻尘，客舍青青柳色新。
劝君更尽一杯酒，西出阳关无故人。

附近的人一听，就知道热乎乎的烧饼马上要出炉了。

后来，有个住在附近的刑部官员发现好一阵子没有听到“劝君更尽一杯酒”了，还真不适应，就去问这个摊贩缘故。

摊贩：唉，都是钱闹的。生意越做越好，忙手忙脚的，我倒没有心思唱了。刑部官员听了，也很感慨：米兔，米兔。我官是越做越大，可是似乎离我的初心也是越来越远了。

讲这个故事是想说：诗歌在唐朝太有群众基础了。《渭城曲》在当时的流行程度就相当于现在的《小苹果》吧。

其实也不奇怪，因为这就是唐朝啊！唐朝人过的可是“唐诗生活”。

相思时有诗，饮酒时有诗，送别时有诗，看花时有诗，节庆时有诗……他们把诗写在纸上墙上树叶上，刻在石头上砖头上，题到门板上扇子上……他们把诗念出来唱出来，同时也记在心里。这还不够，他们甚至要把诗刺入肌肤，渗入皮肉。

没错，唐朝人多文身，他们的文身上，除了青龙、白虎、皮皮虾，更少不了诗。

唐朝有个蟊贼，叫赵武建，身上文了这样一首诗：

野鸭滩头宿，朝朝被鹘梢。
忽惊飞入水，留命到今朝。

这诗不赖，生动形象地描绘出主人公狼狈的生活。

长安城北还有一个叫宋元素的，是个社会人，全身刺青七十一处。右臂上刺着一个葫芦，葫芦上长出一颗人头，还有一首诗：

昔日以前家未贫，苦将钱物结交亲。
如今失路寻知己，行尽关山无一人。

还有个叫韦少卿的，在胸前刺了一棵树，树枝上栖了几十只鸟，树下悬着一面镜子，有一个人站在树旁拽着悬镜之绳。

他的叔父看不明白，他就笑了：叔父不曾读过“挽镜寒鸦集，秋风旅雁归”这两句诗吗？我的文身岂不就是该诗的配图！

有一县令，要打一个犯人的屁股。衣服一脱，发现那人浑身刺满当时的流行诗作。县令好奇，上前一瞧，居然发现有自己二十年前写的一首诗。县令心里美滋滋的，当然要法外开恩了。

最著名的例子是，荆州有个白居易的粉丝，体无完肤，文满了白居易的诗，共达三十余首，还配有插图。简直是用自己的皮肤为白居易出了一册诗集啊！

说到唐朝诗人的超级粉丝，不得不提一个叫魏万的年轻人。为了一睹诗仙李白的风采，他从河南济源的王屋山下开始，锲而不舍地追踪偶像的踪迹。也无飞机，也没打的，全靠两条腿，历时半年，跋涉神州三千里，终于在扬州风尘仆仆地追上了李白。其痴狂若此，更不用提被偶像写进诗里的汪伦了。

在唐朝，诗人，特别是出了名的诗人，那的确是偶像一般的存在。

“七绝圣手”王昌龄就拥有庞大的粉丝团。他犯事被贬谪到龙标(今湖南黔阳)。别人问他具体犯了啥事，他只说：“洛阳亲友如相问，一片冰心在玉壶”。

王昌龄初来龙标，日子难过，跟随的老仆需沿路捡拾落叶枯枝当柴烧。但他诗名满天下啊，就渐渐有人开始在路边跪拜，向他求诗。于是，王昌龄的日子就慢慢好过了，柴火有了，米有了，肉有了，酒有了……幸亏这是个人人爱诗的时代啊！

这也是个人人皆诗人的时代。

有唐一朝，人皆诗人。打开《全唐诗》，帝王、后妃、名臣、酷吏、优伶、隐逸、囚犯、僧侣，无不有诗。

唐朝时候，长安有个姓郭的土豪，他有个助理名叫捧剑。捧剑其实并不热爱宝剑，他爱一个人静静地看山看水看游云，呆头呆脑的，一看就是大半天。郭土豪为此经常拿鞭子抽他。

有一天，捧剑忽然作起诗来：

青鸟衔蒲萄，飞上金井栏。
美人恐惊去，不敢卷帘看。

长安城里的闲人知道后，都觉得好，开始捧他，都叫他诗人。郭土豪再也不敢抽他了，怕犯了众怒。当时的大环境就是重视诗人，看重文采。

捧剑心气高了，不安心本职工作了，常叹息道：愿作夷狄之鬼，耻为世俗家奴。后来他真的跑了，临走时留给郭土豪一首诗，在诗中直呼其为“郭四郎”。

从成为诗人的那一刻起，他就已经褪去奴性，在精神上和主人平起平坐了。

至于唐朝那些娱乐场所的女子，会吹拉弹唱不稀罕，更要会写诗，这才显得层次高。

唐代的韦蟾是长安人。他被派往外地做官，在欢送宴席上，大家强烈要求他留下墨宝为念。韦蟾不好推辞，提笔就写了《文选》中的两句话：

悲莫悲兮生别离，登山临水送将归。

韦蟾写完，把笔递给旁边的人：来来来，续两句！大家你看我，我看你，面面相觑，觉得这个有点难。这时候，一个陪酒的女子随口说了两句：

武昌无限新栽柳，不见杨花扑面飞。

举座皆惊！

韦蟾让她将此四句合在一起，配上曲谱唱作《杨柳枝词》。妙人妙曲子，整个宴会极欢而散。

说到作诗，别说是中国人，就算是外国人，来到大唐，一经熏陶，也能出口成章。当时来华的外国人极多，王维有诗曰：九天阊阖开宫殿，万国衣冠拜冕旒。大唐长安是一座梦幻的国际化大都市。数以万计的外国人来此访问、旅游、留学、经商、居住、做官……

看过电影《妖猫传》的都知道玄宗时期有个日本人叫晁衡（原名阿倍仲麻吕，唐时译作仲满）。晁衡十六岁时作为遣唐留学生到达中国，通过科考留在长安做官。因为会写诗，他结交了王维、李白等中国一线诗人。

李白穿过晁衡送他的衣服，他在诗中说：身着日本裘，昂藏出风尘。还在“日本裘”句后加以解释：晁衡君送我的日本货！

晁衡旅居中国三十多年，常常怀念故国，他在一首题为《长安望月》的诗中写道：

辽阔长天玉镜升，仰首遥望动乡情。

犹是当年春日月，曾在三笠山顶明。

晁衡终于要回国探亲了，和大和尚鉴真一起渡海。临行前，王维写诗送行。诗很长，最后几句是：

乡树扶桑外，主人孤岛中。
别离方异域，音信若为通。

去日本的船队遇到海啸，有小道消息说，船翻了，人全死了。李白闻讯后写了《哭晁卿衡》：

日本晁卿辞帝都，征帆一片绕蓬壶。
明月不归沉碧海，白云愁色满苍悟。

其实，船虽然翻了，但是人却没事。晁衡爬上岸后又兜兜转转返回了长安。此时李白已经被唐玄宗炒鱿鱼了，不在长安。读到了李白的诗，晁衡很感动，回到长安找李白找不到，写下了著名诗篇《望乡》：

卅年长安住，归不到蓬壶。
一片望乡情，尽付水天处。
魂兮归来了，感君痛苦吾。
我更为君哭，不得长安住。

“在长安三十多年了，回不得故乡。思乡之情只能归付于天海之间。朋友啊，我活着回来了，知道你曾为我痛哭。我也哭了，因为这长安城里没有了你。”

和晁衡经历类似的还有被朝鲜和韩国学术界尊奉为韩国汉文学开山鼻祖的崔致远。他十二岁来长安求学，二十八岁回国，担任要职。离开大唐后，崔致远坚持用汉文写诗，取得了极高的成就，被他的祖国尊为“东国儒宗”“百世之师”。

大人写诗，小孩也写。在唐朝，还出现了很多会写诗的神童。

骆宾王七岁时候写的“鹅鹅鹅，曲项向天歌……”又活泼又清新。后来武则天称帝，骆宾王不服，发出质问：“请看今日之域中，竟是谁家之天下！”文章慷慨激昂，气吞山河，很有气势。武则天读到“一抔之土未干，六尺之孤何托”这一句时忍不住感叹道：我们怎会失去如此人才，宰相失职啊！

武则天的确是个爱才的人，她听说南方有个七岁的女孩善于写诗，便派人将这孩子接到京城来。女孩由哥哥护送到京城，女孩留下，哥哥别之。武则天令女孩以此景赋诗送兄，女孩作诗云：

别路云初起，离亭叶正飞。
所嗟人异雁，不作一行归。

这首诗将人与雁进行对比，慨叹人不如雁，不能一起南飞而归。女皇被感动了，赶紧派人送哥哥妹妹一起回家去。

其实像杜甫啊、李贺啊，这些大诗人基本上从小就显露了诗才。诗人韩偓十岁时写诗送别姨夫。姨夫读诗后大加赞叹，说：雏凤清于老凤声。他的姨夫就是大诗人李商隐。

李商隐年纪轻轻就在诗坛享有盛名。朝中大员令狐楚也是个大诗人，曾写出了“弓背霞明剑照霜，秋风走马出咸阳”的佳句。令狐楚爱才，很器重李商隐。他让李商隐吃住在自己家，亲自辅导李商隐和自己的儿子令狐绹一起学作诗文。但李商隐后来娶了令狐家政敌的女儿，与令狐家彻底翻脸。

因为这层关系，李商隐在官场上一直混得不好。令狐楚去世后，李商隐去了令狐家，准备修复一下关系，想让已身居高位的昔日伙伴令狐绹拉他一把，令狐绹回避不见。

李商隐受到冷遇，感慨之余，就在令狐绹家大厅的墙壁上题了一首诗，走了。令狐绹想要铲掉他的墨迹，但这首诗里有一句为“不学汉臣栽苜蓿，空教楚客咏江篱”，其中出现了他父亲令狐楚的名字“楚”字。按照习俗，他无法毁掉诗作，只好锁上门终生不开。

唐朝科举，可以以诗歌取仕。有些读书人光宗耀祖，封妻荫子，全靠诗歌。因写“慈母手中线，游子身上衣”而出名的孟郊五十岁才考中进士。一举成名天下知，得意的孟郊大叔情不自禁地吟道：“春风得意马蹄疾，一日看遍长安花！”

不过，科举考试通过只是万里长征第一步，朝廷还经常举行诗歌大赛，想要获得提拔，还得写诗。

唐中宗时，在长安的昆明池举办了一届引起巨大轰动的皇家诗会。那日，高搭彩楼，一女评委端坐其上，翩翩如云中仙子。此人是谁？便是一代才女上官婉儿。群臣递上来的诗稿，难入其法眼的就径直从楼上扔下来。一时间诗稿散飞如昆仑吹雪。

到最后，仅剩沈佺期和宋之问的诗还留在上官婉儿手中。这两人诗坛齐名，难分伯仲。这一战，可谓是决战紫禁之巅。良久，一页诗稿枯叶般打着旋儿落了下来。胜负已分。诗稿上写着沈佺期的名字，宋之问胜出。上官婉儿的评价是：两人功力不相上下，但是宋之问的诗更有韵味。

虽说唐朝科举可以以诗歌取仕，但并非一首诗写得好，就能一举成名天下知。要通过科考，通常要作好两种诗：一种是考场上的命题作文，即所谓的“省试诗”。省试诗为应试之作，其中本来少有佳作。但是有一个人，却以“省试诗”扬名。他就是大唐天宝年间的钱起。在长安的考场上，他写下了最牛高考作文《湘灵鼓瑟》，诗歌的最后两句就是我们熟知的：曲终人不见，江上数峰青。

唐玄宗特别喜欢这首诗，不但让钱起做了状元，甚至一连几天夜里做梦都在念叨“曲终人不见，江上数峰青”。

“省试诗”以外，还有“行卷诗”。

唐代的考卷不密封，阅卷老师清清楚楚知道考卷是哪位考生的，所以考生在参加考试之前，通常会把自己的得意之作献给一些大佬，希望他们向主考官推荐，增大自己被录取的可能性，这样的诗就叫作“行卷诗”。今天我们读到的唐诗名篇，很多都以“行卷诗”的面目出现。

比如王昌龄的《出塞》：“秦时明月汉时关，万里长征人未还。但使龙城飞将在，不教胡马度阴山。”意境深远、气势贯注。明代李攀龙称之为唐七绝的“压卷之作”。

再比如张继的《枫桥夜泊》：“月落乌啼霜满天，江枫渔火对愁眠。姑苏城外寒山寺，夜半钟声到客船。”唐武宗酷爱此诗，死后其石棺上刻的就是“夜半钟声到客船”。

唐朝诗人崔颢的《黄鹤楼》让他千古留名。这首诗知名选本入选次数、文学史录入次数、著名诗歌

评论家评论次数在所有唐诗里都排第一。但崔颢本人的公众形象其实很差，年轻时写的诗也可以用三个字评价：“意浮艳”。

崔颢寻取功名时行卷的对象是文坛领袖、方正君子李邕。献上的是为了拍李邕马屁而量身打造的《王家少妇》：“十五嫁王昌，盈盈入画堂。自矜年最少，复倚婿为郎……”诗中的王昌自然就指李邕，少妇就是崔颢自己。李邕看后觉得这个作诗者为人轻浮，自然弃之不理，崔颢借行卷而获科名的梦想破灭了。他应该看看朱庆馀是如何正确操作的。

朱庆馀献给大诗人张籍的“行卷诗”如下：“洞房昨夜停红妆，待晓堂前拜舅姑。妆罢低声问夫婿，画眉深浅入时无？”以新妇娇羞的口吻试探张籍：我能否中进士？张籍看罢，笑着回了一首：越女新装出镜心，自知明艳更沉吟。齐纨未足时人贵，一曲菱歌值万金。他用此诗回答朱庆馀：你就不必担心了！果然，一放榜，朱庆馀之名赫然其上。

张籍是韩愈的弟子。他和朱庆馀一样，遇到不能直说的事，就在诗中以女性自比，委婉说出。他的《节妇吟》里，最著名的两句就是：“还君明珠双泪垂，恨不相逢未嫁时。”这两句的意思是，纵是情深，奈何缘浅。我已结婚，你就不要再送我什么珠宝了，怨只怨咱们相遇太迟。

这话是说给李师道听的。李师道是唐朝时的一个地方军阀，经常拉拢腐蚀京城的官员，图谋不轨。李师道拉拢张籍，张籍不敢严拒，只能写诗以节妇的坚贞不二自比，来对李师道表明态度。

诗写得好，能当官。危难时候，还能救命。

唐朝诗人李涉有一次乘船外出，遇到一伙强盗。《水浒》中张横在船上打劫，问宋江要吃板刀面还是要吃馄饨。要吃板刀面，就一刀一刀把你剁下水去。要吃馄饨，就让你脱了衣服赤条条跳入水里。这伙强盗也是这么对付李涉的。

李涉不想吃板刀面，也不想吃馄饨，非常为难。船夫替他求情：各位好汉，莫要为难这位客官，他是个诗人。强盗喝道：诗人多如牛毛，他却是哪个？船夫说：李涉呀。"因过竹院逢僧话，又得浮生半日闲"的李涉！

哎呀，怎么不早说！众强盗倒头便拜，求李涉赠诗。李涉便写了一首：

暮雨潇潇江上村，绿林豪客夜知闻。
他时不用逃名姓，世上于今半是君。

诗的意思是：你们哪里算是强盗呢？现在这世道，哪个不是强盗啊！强盗如获至宝，大笑而去。

不过，话又说回来。诗能救命，有时候也能要人的命。

安史之乱时，王昌龄急着照顾家中老少，连夜赶回老家。路过濠州的时候，出事了。原来濠州刺史闾丘晓早就嫉妒他的才情和名气，这次趁着天下大乱就将他活活打死。

这个恶人也没有好下场。因为和叛军打仗时畏战不前，要被军法处置。他求饶说，自己上要奉养双亲，下要抚养幼子。行刑官反问道：你要奉养双亲，那王昌龄的双亲谁来养？推出去，斩了！

诗可救人，可杀人，也可“毁”人。在唐朝，不光彩的事情被写入诗中，那可真是遗臭千古。

刘禹锡担任苏州刺史时，任司空一职的同僚李绅请他喝酒，还叫了几个歌女作陪。

酒意之下，刘禹锡在席上赋诗一首：

高髻云鬟宫样妆，春风一曲杜韦娘。
司空见惯浑闲事，断尽江南刺史肠。

诗歌的传播力量太大了，这首诗流传出去，给成语词典贡献了一则：司空见惯。从此大家都知道李司空过着花天酒地的生活。

在唐朝，写诗的不仅有知识分子，还有一大批草根诗人。唐朝的草根诗人的代表是胡钉铰。钉铰是“打炉匠”的意思，他的本名叫胡令能。

胡令能有四首诗存世，其中有一首《小儿垂钓》，被收入小学语文课本里：

蓬头稚子学垂纶，侧坐莓苔草映身。

路人借问遥招手，怕得鱼惊不应人。

胡令能虽然是个市井粗人，但写诗还是文绉绉的，不能通俗到底。说到通俗诗，必须提到一个叫王梵志的和尚。他的诗全是大白话，但其中有一种黑色幽默，所以自成一派，模仿者众多。

他最有名的诗如下：

他人骑大马，我独跨驴子。

回顾担柴汉，心下较些子。

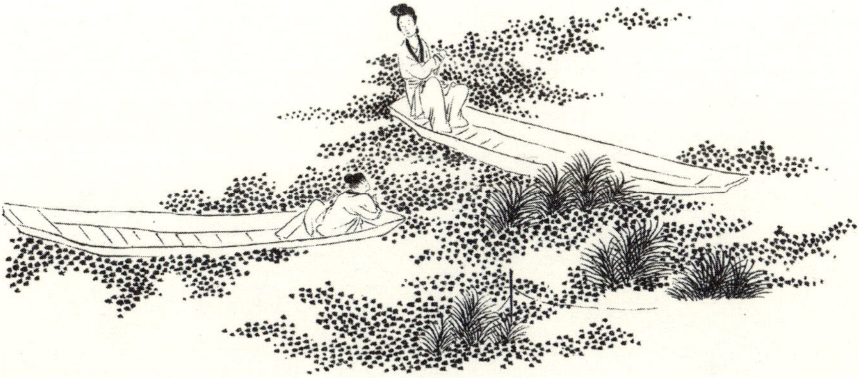

比上不足，比下有余，庆幸自己还有驴可骑。他也看得开生死。看以下两首诗：

城外土馒头，馅草在城里。
一人吃一个，莫嫌没滋味。

世无百年人，强作千年调。
打铁作门限，鬼见拍手笑。

到了宋代，大诗人范成大把这两首诗的诗意合为一联：纵有千年铁门槛，终须一个土馒头。《红楼梦》里的妙玉很喜欢这两句诗，书中的铁槛寺和馒头庵其名也出于此。

在唐朝，什么内容都能入诗，蚂蚁打架、家里小孩换牙、马掌掉了、做了一件新衣服、洗了个澡、天气太热、院里的木槿花开了……统统都能入诗！我们从诗中知道，大诗人韩愈有个南方胃，爱吃米饭，不爱吃面。他吃的蔬菜有莴苣、菱角、芡实、笋、木耳……水果则有橙、梨、樱桃……

韩愈四十来岁时满嘴只剩十几颗牙，只能吃软饭，“匙抄烂饭稳送之，合口软嚼如牛呞”。他的夫人贤惠细心，怕他看到硬东西又吃不了，嘴里发馋，心里不爽，干脆不让他瞧见硬的吃食，“盘中不钉栗与梨”。

韩愈被贬到美食天堂潮州，每日大饱口福，在诗中写到，自己浇上盐醋，拌以花椒和橙皮，来吃鲎、蚝、蒲鱼、蛤蟆……但最终不敢吃蛇。“惟蛇旧所识，实惮口眼犷”。

他把记录自己吃蛤蟆的诗寄给柳宗元。柳宗元感叹道：真是重口味的诗！韩愈嘿嘿一笑：用诗如实记录生活而已！

用诗记录生活的还有李商隐。李商隐的诗素以费解著称。看这首诗：

郁金堂北画楼东，换骨神方上药通。
露气暗连青桂苑，风声偏猎紫兰丛。
长筹未必输孙皓，香枣何劳问石崇。
忆事怀人兼得句，翠衾归卧绣帘中。

这首诗到底写的是什么？诗中的“长筹”与“孙皓”,“香枣”与“石崇”就是解锁的钥匙。

“长筹”与“孙皓”：古人用来当手纸的竹片，称为厕筹。孙吴的末代之主孙皓非常顽皮，曾让一尊金佛手执这种竹片。“香枣”与“石崇”：西晋的石崇在自家的厕所里摆放干枣，供如厕者塞鼻之用。有客人误以为这是主人特别提供的小点心，就把它吃了，闹出了笑话。所以，这首诗的内容是——上厕所！

不管是韩愈的吃蛤蟆诗，还是李商隐的如厕诗，作者自己都

极为珍爱。在唐朝，诗人们绝对不会允许别人动自己的诗。

诗人祖咏去长安应考，作文题目是“终南望余雪”，规定字数为六十个。祖咏望了一眼窗外的终南山，稍加思考，提笔便写：终南阴岭秀，积雪浮云端。林表明霁色，城中增暮寒。

字数不够怎么样呢？意境到就够了。落榜又怎么样呢？这二十字留名千古就够了！

晚唐时候的贯休也是个倔脾气。吴越钱镠称王后，贯休为其献诗一首：

贵逼身来不自由，几年辛苦踏山丘。
满堂花醉三千客，一剑霜寒十四州。
莱子衣裳功锦窄，谢公篇咏绮霞羞。
他年名上凌烟阁，岂羡当年万户侯！

钱镠读后大呼过瘾，但觉得“满堂花醉三千客，一剑霜寒十四州”中说自己的地盘只有“十四州”，太小了，不如改为“四十州”听上去舒服。他传出话去：诗若能改，方可相见。

贯休回曰：州亦难添，诗亦难改。闲云野鹤，何天不可飞耶！说罢拂袖而去，从此云游天下。贯休后来成了一代高僧，人称禅月大师。又因为他有“一瓶一钵垂垂老，万水千山得得来”的诗句，所以又得了“得得和尚”这个名号。

诗人爱惜自己的诗句，就像鸟爱惜自己的羽毛，可是仍有人做贼，偷偷来拔毛。

唐代诗人李义府曾经写了一首好诗：镂月成歌扇，裁云作舞衣。自怜回雪影，好取洛川归。有个叫张怀庆的，素来喜欢偷人家的诗文。他给李义府的诗里加了几个字，就变成他的了：生情镂月为歌扇，出意裁云作舞衣。照镜自怜回雪影，来时好取洛川归。

张怀庆还喜欢剽窃王昌龄和郭正一的诗，手法也是加字减字改头换面。当时就有人说他：活剥王昌龄，生吞郭正一。

写诗不容易啊！裴祐吟诗时爱把手插入袖中，以至把衣袖都磨穿了。王维吟诗入迷，以至走路时跌进醋缸里。贾岛“二句三年得，一吟双泪流”。“千首诗轻万户侯”的张祜苦吟时，连妻儿喊他都听不到。卢延让“吟安一个字，捻断数茎须”，意思是选好了一个字，捻断数根胡须。

这呕心沥血啊，你好意思偷！

二

醉酒邀月，剑气冲天
仙人水边种青莲

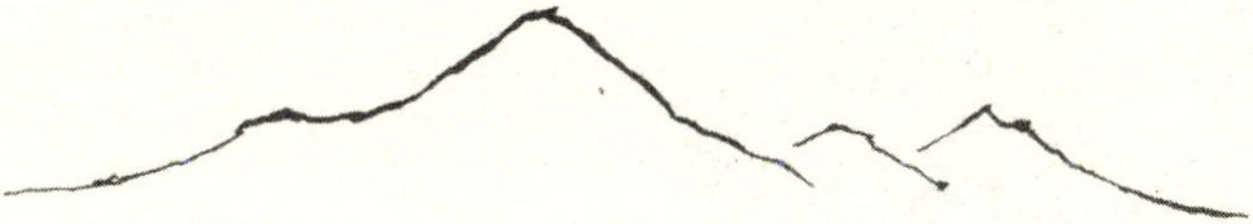

——李白上了大唐剑客排行榜

705 年，也就是武则天死后唐中宗复位的那一年。

在四川江油，李白，一个五岁的读书郎，背着书包上学堂。他是学校里的混世魔王，仗着家里做生意，有钱，读书不用功，一心想着玩。他的理想是，练武功，做侠客，捍卫世界和平！

他后来通过《侠客行》《白马行》等诗篇遥想江湖，把《我的理想》这篇作文写透了。“少年学剑术，凌轹白猿公”“笑尽一杯酒，杀人都市中”“十步杀一人，千里不留行”“事了拂衣去，深藏功与名”……一句比一句酷！

李白做侠客的理想不是在纸上喊口号，他为此奋斗了一辈子：从最初的“十五好剑术”“高冠佩雄剑”开始，终其一生热爱宝剑，“抚剑夜吟啸，雄心日千里”“愿将腰下剑，直为斩楼兰”。到晚年，都六十一岁了，还心存“拂剑照严霜，雕戈鬘胡缨”的壮志，跑去找大元帅李光弼：你们在征兵啊？你们缺将军不？

少年李白很有机缘，懵懵懂懂就遇到了隐居蜀山的一代大侠赵蕤。赵蕤著有《长短经》，那是一部谋略全书。李白的纵横家思想及高超的剑术，应该就来自赵蕤。

人常说，千古文人侠客梦。在唐代，做侠客、当将军是时髦的人生观，是大唐的时代精神。杨炯作诗道：“宁为百夫长，胜作一书生。”李颀则说：“男儿事长征，少小幽燕客。”李白则说：“结发未识事，所交尽豪雄。托身白刃里，杀人红尘中。当朝揖高义，举世称英雄……”而且，他学了剑术后真砍过人，“少任侠，手刃数人”。

李白二十五岁时“仗剑去国，辞亲远游”。他的远游绝不是为了考科举，是因为杀了人，要去避风头。还有说法是李白的家族是经商的。唐代重农抑商，你的生意做得再大，子女都没有资格参加科举考试。

不管李白是有命案在身也好，还是没有考试资格也好，反正科举之路是堵死了，他要奔前程只能不走寻常路。

李白要走的路叫“干谒”，就是拿着个人简历，专找各类大人物推销自己。带着家里给他的很多很多的钱，李白仗剑出游，寻求飞跃。他万万没有想到，从此，他一生都在漫游。

据流传下来的千余首作品统计，李白一生至少游览了五百零六个州县、登过八十座山峰、涉过六十多条江河以及二十来个湖潭。

第一站，渝州。渝州太守乃是大文豪和书法家李邕。此人是大唐文化致富光荣榜上的头一名。有钱，爱才，名满天下。

李白前去拜见李邕，李邕设宴招待。李白高谈阔论，狂放不羁，引得李邕不喜，拍屁股离席。李白多骄傲的人啊，放下筷子，留下了一首《上李邕》，告辞，告辞。在诗中，李白说自己是大鹏鸟，“扶摇直上九万里”，奉劝李邕“丈夫未可轻年少”！

出渝州，到江陵，李白巧遇大唐道教协会会长司马承祯。司马承祯夸李白“有仙风道骨，可与神游八极之表”。李白很兴奋，表示要跟司马承祯学道，“五岳寻仙不辞远，一生好入名山游”。

然后又大鹏附体，写下雄文《大鹏赋》——你去找一套《李太白全集》，翻开来，开卷第一篇就是《大鹏赋》。

此后，李白前往金陵（即今南京）。无奈当时的金陵政界忙于筹备“泰山封禅”大典，李白“十谒朱门九不开”。看他这个时期的诗，“落花踏尽游何处，笑入胡姬酒肆中”“兰蕙相随喧妓女，风光去处满笙歌”。

李白花钱手脚很大，不到一年，就“散金三十余万”，家里再有钱也撑不住。祸不单行，他又生了病。在扬州养病期间，李白写了一首想家的诗，叫《静夜思》：“床前明月光，疑是地上霜，举头望明月，低头思故乡。”《静夜思》浅白朴实如儿歌，却蕴含着饱满而深沉的情感，打动了无数代中国人的心。

但是，好奇怪啊，李白坐在床上一抬头就能看到天上的月亮。难道卧室没有房顶吗?

用今义套古义，很可能对一些古诗词的理解有偏差。这是因为，唐朝人说的床不是我们现在睡觉的床。唐朝人不睡床，而是睡在席子上，形制类似现在日本的榻榻米。《静夜思》里的床不是

指卧榻，而是指围住水井的栏杆。有井水处就有人家，古人因此称离家远游为背井离乡，所以井就有了故乡的寓意。

当时李白在室外，置身于秋夜明月下的井边，举头遥望，思乡生愁，就很好理解了。

《静夜思》在日本和韩国也是家喻户晓。不过，日韩两国的是这样的版本：床前看月光，疑是地上霜，举头望山月，低头思故乡。其实，这才是李白的原诗。我们读的，那是被改过的。

原来，清朝时候，一些思念前朝的出版商，把两个大明王朝的“明”字成功加塞进李白的诗中。望明月，思故乡，思念的其实是故国江山啊！

李白的病很快痊愈了，但问题来了：手头拮据，缺少盘缠，身边值钱的就是一把宝剑和一套新制的鹔鹴裘大衣了。要不然把这宝剑和这鹔鹴裘送到当铺去换点银子？但无剑无裘，李白还是李白吗？

这时有人找上门给李白送了一大笔钱，解了他的燃眉之急——是李邕送的。有了钱，李白满血复活，兴冲冲到了湖北襄阳，拜访了隐居在那里的大诗人孟浩然。

李白送了孟浩然一首诗：吾爱孟夫子，风流天下闻……在孟浩然的撮合下，李白在湖北安陆娶了大唐帝国前任丞相许圉师的孙女。当时李白二十七岁。这次婚姻属于入赘。李白毫不介意，大大方方地向别人介绍自己是许老相国家的上门女婿。

蜜月度完，又甜三年。一日，温柔乡里的李白突然意识到自己已到而立之年了。这一年，孟浩然在长安应试落第，黯然返乡，李白决定入京一试。

还是那把大宝剑，还是那身鹔鹴裘，三十岁的李白雄心万丈，取道南阳，西入长安——长安，我来了！

一到长安，他就去拜访宰相张说，结果张说病重。他又去找唐玄宗的妹妹玉真公主，结果公主不在长安。

李白在终南山玉真公主的别墅里守了好些日子，献给公主的诗攒了不少，但是始终没见着公主。李白有点失望，写了三首《长相思》，其中一首是这样的：

> **长相思，在长安。络纬秋啼金井阑，**
> **微霜凄凄簟色寒。孤灯不明思欲绝，**
> **卷帷望月空长叹，美人如花隔云端。**
> **上有青冥之高天，下有渌水之波澜。**
> **天长路远魂飞苦，梦魂不到关山难。**
> **长相思，摧心肝。**

这首诗表面写男女相思，其实有寄意，有个四字评语说得很好：孤臣泣血。

李白心想：长安不行，跑跑长安周边吧。

李白去豳州拜谒豳州司马，希求得到举荐，未果。

李白去邠州拜谒邠州司马，希求得到举荐，未果。

李白去坊州拜谒坊州司马，希求得到举荐，未果。

他只好灰溜溜地跑回长安。恰逢一个老乡要回四川。送别时，李白有感而发，写《蜀道难》抒怀，开头说：噫吁嚱，危乎高哉！蜀道之难，难于上青天！

此时的李白穷愁潦倒，干谒无门，无颜回家面对娇妻，每天所做的不过是和一群地痞赌博、醉酒——有点像《笑傲江湖》里的令狐冲在洛阳落魄时的情景。

他放浪无形，不知道怎么就得罪了长安城中的官二代，他们指使一群流氓在长安的玄武门围住李白，要找事。李白仗着一把延陵剑，一个打一群，恶斗良久，不落下风，还砍倒了对方好几个。

这次恶性的突发流血事件惊动了宪台（长安司法机关），幸运的是，做京官的好友陆调江湖救急，让李白脱身事外。有了仇家，长安便不能久留，李白在陆调的劝告下撤离长安。

没有了李白的长安，多寂寥啊。

离开长安，李白没有急着回家。他吟诵着《行路难》一路向东：

行路难，行路难。多歧路，今安在？

长风破浪会有时，直挂云帆济沧海。

他溜达到开封，又跑到商丘，又登了回嵩山，最后去了洛阳。一路上，他给妻子写了很多情诗。“流波向海去，欲见终无因。遥将一点泪，远寄如花人。”“两不见，但相思。空留锦字表心素，至今缄愁不忍窥。”“泪尽恨转深，千里同此心。相思千万里，一书值千金。”妻子见到这些情诗，憋住笑，回信了：赶紧回来吧，没人笑你。

李白紧赶慢赶，赶在岁末归家：还是家里好啊！

第二年，女儿平阳降生，三十三岁的李白做父亲了。孩子多少拴住了李白，虽然他时不时去江湖上刷刷存在感，但是大部分时间还是在家里，读读书，练练剑，养养鸟，有朋友来，少不了喝喝酒：

两人对酌山花开，一杯一杯复一杯。

我醉欲眠卿且去，明朝有意抱琴来。

三十七岁时，李白又得了个儿子，叫伯禽，小名明月奴。明月奴，就是“明月儿”或“小明月”的意思。唐朝人给孩子取名，都喜欢用“奴”做昵称，比如白居易的弟弟就叫金刚奴。唐天宝年间最著名的歌妓叫念奴，《念奴娇》的词调就由她而来。

这是李白一生中最好的时光。一生漂泊，江湖风雨，只有这短短的几年里有家的温暖。妻子贤淑，举案齐眉，何况膝下还有一女一子凑成一个“好”字。

这也是大唐最好的时光。开元盛世，四海富瞻。长安、洛阳两大都市米价极贱。外出旅行，一切干粮食品酒类等项，途中店皆可提供。天下太平，全国极少有凶杀案件。

李白出门其实不用带着大宝剑的。

就在这最好的时光，有些美好却戛然而止了。740年，孟浩然离世。还是这一年，李白的妻子许氏也因病去世了。这一年李白四十岁。安葬了太太，李白带着女儿和儿子舍弃家业，去了山东。

山东有天下第一剑客裴旻。此人有“剑圣”之称，阵前杀敌多年，官拜左金吾大将军。唐玄宗给他点过赞，吴道子给他画过像，王维给他赠过诗，颜真卿给他题过字，所以名气特别大。

爱妻已去，再无牵挂，何不“顾余不及仕，学剑来山东”？李白到裴旻处，投书曰：如白愿出将军门下。裴旻惊道：可是那诗仙李白？快请进来喝酒！于是乎，八十多年之后，唐文宗追忆起盛唐荣光，感叹道：我大唐有三绝，一是李白诗，一是裴旻剑术，一是张旭草书。

李白在跟裴旻学剑的同时，照样云游不定，一忽儿登泰山，一忽儿去浙江，孩子压根儿没人管。热心的朋友一撮合，李白续弦。妻子姓刘，山东的望族之女。

刘氏嫁过去总不见李白的人影，一会儿喝酒去了，一会儿寻仙去了，一会儿练剑去了，倒是李白的两个孩子缠着自己要吃要喝要哄要抱……这可不成，刘氏提出离婚，很坚决。李白同意了，如同唐代离婚书所说："解怨释结，更莫相憎。一别两宽，各生欢喜。"但这段感情挫折令李白的自尊心深受打击，郁闷良久。

正在此时，唐玄宗召李白去长安。李白大喜过望，扬眉吐气之余还不忘写诗怼一下前妻：

会稽愚妇轻买臣，余亦辞家西入秦。
仰天大笑出门去，我辈岂是蓬蒿人。

刘氏，我看你就是朱买臣家那位没见识的笨婆娘。瞧瞧，皇上请问入京了，后悔死吧你！

其实，李白离婚后也没闲着，又找了一位山东姑娘。二人只是同居，还有个儿子，叫颇黎。可惜的是，这个孩子后来和李白失散了。

有专家认为，颇黎就是玻璃，象征皎洁透明。谬误！颇黎是

西域一座产神马的名山。除了大鹏，李白还经常以天马自喻。颇黎山，是他心中的神圣之地，所以以此为小儿子命名。

那么，对于前妻刘氏，李白真的只有抱怨吗？其实，李白后来开始了反省。“三百六十日，日日醉如泥。虽为李白妇，何如太常妻。”——我这个超级酒鬼，就没有不喝醉的时候，谁嫁给我李白，谁就是倒霉透顶的太常妻！——东汉的周泽任太常一职。他是个工作狂，整天加班，妻子根本见不到他的面。妻子去单位看他，他居然勃然大怒，将她扭送司法机关惩办！

李白还以前妻刘氏的口吻，写了一首《去妇辞》，诗中写尽了前妻在无望的婚姻里所有的哀怨和无奈。“岁华逐霜霰，贱妾何能久。”岁月如霜雪，女人的青春都在煎熬中消耗了。

儿女情长放一边，随着皇帝召唤，李白快马加鞭进长安。

他之所以蒙玄宗召见，还要感谢一个道士朋友元丹丘。元丹丘与持盈法师——也就是玄宗的妹妹玉真公主相熟，他抓住机会向玉真公主力荐李白，加上朝中老臣贺知章也赞叹李白为谪仙人，引起了玄宗的兴趣。唐玄宗：哦，那就让谪仙人来吧。

于是就有了李白仰天大笑出门去——长安，我又来了！

在民间传说中，李白进京后被宠上了天，醉倒金銮殿，斜卧七宝床，杨贵妃拿金瓶洒香汤让他清醒，唐玄宗亲自拿玉勺给他喂粥，大太监高力士为他脱靴。

但真相是残酷的。李白其实只是一个小角色。他到达长安后，玄宗没有给他安排官职，只是让他待诏翰林。什么叫待诏？临时工！他的工作就是写歌词。唐玄宗与杨贵妃在兴庆宫看牡丹，李白填了三首《清平调词》，赞美贵妃的美貌：云想衣裳花想容，春风拂槛露华浓。

李白心里很苦恼。对他来说，写诗不过是赢得声名、进身仕途的工具。他要的是封侯拜相坐高堂，并不想做御用帮闲文艺创作员。

这样的烦恼，另一个人也有，他就是唐朝大画家阎立本。唐太宗有一次在御苑看到有只鸟怪好看的，就召阎立本来画。太监们当即传唤道：召画师阎立本！阎立本时任主爵郎中，听太监如此传唤，臊得想钻地缝。事后，阎立本告诫子孙，绝不可再学绘画！

李白也给玄宗暗示过想要转正和升职，但玄宗毫不理会。李白于是发牢骚："安能摧眉折腰事权贵，使我不得开心颜。"他要表达失望和不满，他要表现自己狂放不羁、洒脱不羁。这哪里有政治家的涵养与做派？李白注定是个诗人，一个天才的诗人。

唐玄宗宣召李白前来作诗凑趣，李白常常是烂醉如泥被抬进宫中的。如何醒酒？恐怕是最粗暴最直接的：泼冷水！而此时，他的老朋友元丹丘离开了长安，忘年交贺知章离开了人世，继续待下去已经没有意义了。

他原本给自己的人物设定是汉武帝时候的一代名臣东方朔。但他在唐玄宗眼皮底下的模仿秀是尴尬的，他做不到东方朔那样诙谐洒脱。他不适合嘻哈风。李白在《玉壶吟》一诗中承认自己东施效颦、弄巧成拙：

世人不识东方朔，大隐金门是谪仙。

西施宜笑复宜颦，丑女效之徒累身。

《新唐书》说李白是自己主动要求离开的，“恳求还山，帝赐金放还”。说来说去，还是玄宗不喜欢李白。他本想用李白来点缀文采、润色鸿业，孰料李白是个贪杯嗜酒、一肚牢骚的主儿，看着你都心烦。既然你要走，恕不远送。

李白这次在长安待了不过一年半，就黯然收场。他离开长安，继续没完没了的旅行。

他去了河南，结识了杜甫、高适，三人一同游玩、喝酒、写诗，果然是轰轰烈烈，潇潇洒洒。他还带着这俩小兄弟去了山东齐州拜谒调任在此的李邕。这次宾主尽欢，李邕、李白等人在当地四处游玩，兴尽而散。这是李白和李邕的最后一次相见。两年后李邕被权臣李林甫所害。

在山东齐州，也就是今天的济南，李白在紫极宫获得了道士资格。

然后，四十六岁的李白收获爱情了。

李白游河南商丘的梁园，“平台为客忧思多，对酒遂作梁园歌”，大醉后作《梁园吟》题于壁上。这首诗被路过的一个叫宗煜的女子看到了。她喜欢这诗，喜欢这字，也喜欢这作诗的人，于是时常来壁下凝思。

一日，墙要拆除，宗煜急了：墙上的字迹我出千金买下，谁也休动！众人都认得这宗煜姑娘是大唐前宰相宗楚客的孙女。千金买壁一事不胫而走，传得沸沸扬扬。再经好事之人撮合，李白就又娶了一个前任宰相的孙女。

这次婚姻也是入赘。婚后，李白还是到处走。好在新夫人通达，愿意给李白一个足够大的空间。

李白这辈子游历了那么多地方，而且不是穷游。费用源自何方呢？

首先，他家里有钱。家族企业贩运盐铁，钱没少赚。其次，他岳父家有钱。宰相门第的许家和宗家都是巨富之家。何况他自带名人效应，旅途中官吏接待，粉丝奉送，走遍天下都不怕。最重要的是，他自己也会挣钱。他开铜矿和铅矿，至少十年。

“提携采铜客，结荷水边沐”“采铅清溪滨，时登大楼山”“炉火照天地，红星乱紫烟”……李白的这些诗歌都写于矿区。开矿不仅让他挣了很多钱，他还通过做矿产买卖积累人脉，结识了不少炼丹的道士。其中元丹丘和他最铁。

离开长安后在嵩山隐居的元丹丘写信邀李白前去一醉，李白自然是去了。好不容易到了嵩山，元丹丘这个闲云野鹤竟然不遇。

在那个年代，不遇太平常了。没手机，找人经常会扑个空，因此，唐诗里有大量的“不遇诗”，抒发寻人不到的感慨。比如韦庄的《访浔阳友人不遇》、岑参的《草堂村寻罗生不遇》、孟浩然的《寻菊花潭主人不遇》、白居易的《寻郭道士不遇》……贾岛有一首《寻隐者不遇》，我们不是很熟悉吗？“松下问童子，言师采药去。只在此山中，云深不知处。”

李白只好四处寻找元丹丘，结果在途中巧遇了另一个老朋友岑勋，二人于是搭伴同寻元丹丘。最终在一炼丹的深谷中三人相聚了。乐极成醉，李白大呼“岑夫子，丹丘生，将进酒，杯莫停”，要用美酒“与尔同销万古愁”。

这是中国文学史上最著名的一次饮酒，因为就是这次饮酒，李白留下了这首《将进酒》：

君不见黄河之水天上来，奔流到海不复回！
君不见高堂明镜悲白发，朝如青丝暮成雪。
人生得意须尽欢，莫使金樽空对月。
天生我才必有用，千金散尽还复来。
烹羊宰牛且为乐，会须一饮三百杯。
岑夫子，丹丘生，将进酒，杯莫停！
与君歌一曲，请君为我倾耳听！
钟鼓馔玉不足贵，但愿长醉不愿醒！

古来圣贤皆寂寞，唯有饮者留其名。
陈王昔时宴平乐，斗酒十千恣欢谑。
主人何为言少钱，径须沽取对君酌！
五花马，千金裘，呼儿将出换美酒，
与尔同销万古愁！

是诗仙，也是酒仙。李白太喜欢喝酒了。

李白喜欢和一群人热热闹闹地喝，“吴姬压酒劝客尝”，然后“痛饮狂歌醒复醉”。他也经常一个人低头喝闷酒。“花间一壶酒，独酌无相亲”。孤独的时候，他甚至“举杯邀明月，对影成三人”。把酒问月已经成为李白的经典造型。

有什么办法呢？酒是他忧愁时唯一的解药。一位姓纪的酿酒师病逝，李白甚至放声大哭道：“夜台无李白，沽酒与何人？”

除了酒，李白的诗中写得最多的还有三种东西：一是月。“唯愿当歌对酒时，月光长照金樽里”；“我寄愁心予明月，随君直到夜郎西”；“俱怀逸兴壮思飞，欲上青天揽明月”……一是剑。李白诗中“剑”字共出现了107次，提到的剑名就有吴钩、吴鸿、湛卢、干将、莫邪、青萍、霜雪、龙泉……一是鸟。除了大鹏，凤凰、白鹇、子规、鹧鸪等上百种鸟类在他的诗中鸣唱飞翔。

酒香、剑气、月光、鸟影，这才构成了李白的诗。吟着诗，提着剑，李白永远在走。

安徽宣城也是李白旅屐留痕之处。他在宣城上敬亭山一游，敬亭山上住着在此修炼的平阳公主。我们不知道他们两人是否会面，多半是没有。很多人相见不如思念。

在宣城，李白送别了叔叔李云，留诗云：

弃我去者，昨日之日不可留。
乱我心者，今日之日多烦忧。
……
抽刀断水水更流，举杯消愁愁更愁。
人生在世不称意，明朝散发弄扁舟。

云游四处的李白不但把妻子撇在家里，更是好几年没有见过他的女儿和儿子了。姐弟二人远在山东，是名副其实的留守儿童。一想起孩子，他的脑海里就浮现出最后一次见孩子的情形：那是春天，桃花满树，儿女粉面，亦如花开。

他擦了擦眼泪，写了一首诗：

娇女字平阳，折花倚桃边。
折花不见我，泪下如流泉。
小儿名伯禽，与姊亦齐肩。
双行桃树下，抚背复谁怜？

公元 755 年，安史之乱爆发，大唐盛世转为乱世。但是，这场战乱却促使李白和家人团圆了。

李白担心家人安危，令门下弟子武谔远去山东接其子女南下。这个武谔是个不太冷的杀手，不是读书人，“精诚合天道，不愧远游魂”。他拜李白为师，是为学剑术，而不是学写诗——李白的剑术是很强的，是顶尖的剑术高手，上了大唐剑客排行榜的。

武谔远去山东，李白则自往宋城接妻子宗氏。等到一家聚齐，入庐山屏风叠隐居，以避兵灾。

此时，唐玄宗退位，太子继位为肃宗，领导全国军民和叛军做斗争。但是肃宗的兄弟永王趁乱在江南自立山头。肃宗派部队来平定永王叛乱，领兵的是李白的旧友高适。

高适没来邀李白一起建立功业，倒是永王多次请李白出山。李白的政治眼光不敢恭维，六十岁的人了也不淡定，脑子一热，跑去跟永王干了，还写了《永王东巡歌》，称永王最有统一中国的希望。

但才几个月永王就兵败了，李白也跟着身陷大狱，罪名是叛国，被判死刑的几率很大。用杜甫的话说就是“世人皆欲杀”。

远在千里之外的杜甫干着急没办法，恨不得自己能替李白去死；已经做了高官的高适却保持沉默，见死不救。

患难见真情，李白的妻子宗煜上下奔波，动用宗家一切关系打捞李白。终于，皇帝身边一个重量级的人物出来帮李白说情了，他是郭子仪，抗击叛军的主帅。

最终对李白的判决是，流放夜郎——这里的夜郎，不是指位于今贵州省桐梓的古夜郎国，而是指位于今湖南省沅陵县的夜郎县。死里逃生的李白感谢郭大帅够义气，也少不了感激妻子宗煜。“多君同蔡琰，流泪请曹公”，他将太太比作三国时披头散发、赤脚踩雪去请曹操赦免丈夫的蔡文姬。

“流放就流放吧，这些年来我李白浪迹江湖，又和流放有什么区别呢？”李白洒脱地笑了笑，拜别抹泪的妻子，向夜郎出发。

走了大半年，等行至白帝城（今四川奉节），皇上立太子了，普天同庆，天下大赦，死刑改流放，流放改释放。喜出望外的李白马上掉头，马上回家！

朝辞白帝彩云间，千里江陵一日还。

两岸猿声啼不住，轻舟已过万重山。

李白和妻子再相逢，恍然如梦，两人决意游仙学道以度余年。李白把宗氏送上了庐山，让她拜在此隐居的李腾空为师，“君寻腾空子，应到碧山家。素手掬青霭，罗衣曳紫烟”。

李腾空是权臣李林甫的女儿，唐朝有名的女道士。

送走太太，李白的功名俗念却腾腾腾又起来了。原来，为了扫清贼军余孽，兵马大元帅李光弼来到江南，正在征兵呢！

六十一岁的李白提剑请缨，跑去报名：哦，你们在征兵啊，你们缺将军不?

然而，李白突然病了，只能离开军帐去了当涂。当涂县令是他的亲戚。在当涂，卧病几个月后，一代诗仙，离尘而去。

而更多的传奇里，李白之死很浪漫：醉酒后跳船捞水中月而死。这个死法既有美感，又有仙气，也遂了李白的心愿：至死终于与美酒和明月相伴。

李白临终前，有《临终歌》，长歌当哭：“大鹏飞兮振八裔，中天摧兮力不济……”

哀歌里，我们看见那只壮怀激烈的大鹏老了，半空折翅，摇摇欲坠……

三

辋川独坐，且待清风
禅心素淡看古松

——王维：躲在辋川做个安安静静的美男子

宋朝有一位叫梵正的尼姑，善做素斋。她有绝活，能在餐盘里将萝卜、豆腐等雕成山川流水、亭台楼榭。梵正最拿手的就是，一桌上二十道菜，每道菜都是一景。这桌菜有说法，就是舌尖上的《辋川图》。

《辋川图》是唐朝诗人王维的代表画作。王维是个跨界高手，又能写诗，又能画画，又能玩乐器，而且还都搞出名堂了。

王维的诗代表了唐诗一个门类里的最高水准，他被人称作“诗佛”，因他诗中有禅意，见宁静、见淡泊、见清远。

《红楼梦》里，林黛玉教香菱读诗，就大力推荐王维的诗：“我这里有《王摩诘全集》，你且把他的五言律诗读一百首，细心揣摩透熟了……”

宋人魏庆之的《诗人玉屑》评王维的诗是“秋水芙蕖，倚风自笑”。这八个字极好，风姿仙骨，令人神往。当然，这八个字评王维本人也可以。王维的诗美人也美，是唐代诗人里当仁不让的美男子。

论画画，王维为山水画的南宗之祖。中国的文人画是从王维这里开始的。钱钟书先生说王维坐“盛唐画坛第一把交椅”。王维对自己的绘画造诣，也颇自负，曾自称“当代谬词客，前身应画师”。

王维的画还能治病。宋朝大词人秦观多愁多病，有一次莫名其妙地病了，也没啥大毛病，就是抑郁，人混混沌沌的。后来，秦观的一位朋友带着王维的一幅画来让他赏玩。秦观一看王维的画，咯噔一下，清爽了，不抑郁了。

玩乐器那也没的说，王维从小就由母亲指导学习琵琶，扎扎实实的童子功。《唐国史补》中说：有人弄到一幅奏乐图，但不知为何题名。王维见后说：这是《霓裳羽衣曲》的第三叠第一拍。请来乐师演奏，果然分毫不差。

这个故事或许只是传说，但王维工于音律却不用怀疑。

这样一个千年不遇的超级文化明星，难怪梵正师太要以“辋川图宴”的方式来向偶像致敬。

王维的《辋川图》如今藏在日本的圣福寺。但辋川到底是什么呢？辋川是个地名，王维居于此处，安放身体，也安放灵魂。

辋川就在长安城外的蓝田山麓。那儿有一组房舍，名叫“辋川别业”，内有楼台亭馆，有山有湖，有树林也有溪谷，很美，很幽静。这里空幽无人，琴声回绕，花开寂寥，明月相照。

王维将自己的后半生都给了这里。没有辋川的王维是不完整的王维，就好像嫦娥不能没有广寒宫，就好像黄药师不能没有桃花岛，就好像红楼女儿不能没有大观园。

对于辋川，王维除了在此调弄丹青，更是写了很多赞美辋川的诗。辋川最美的二十个景全在他的诗里。例如《辛夷坞》：

木末芙蓉花，山中发红萼。
涧户寂无人，纷纷开且落。

例如《竹里馆》：

独坐幽篁里，弹琴复长啸。
深林人不知，明月来相照。

例如《鹿柴》：

空山不见人，但闻人语响。
返景入深林，复照青苔上。

王维用了十多年时间，将二十余里的辋川大修成可渔可樵、可耕可牧的一方乐土。在辋川，王维悠闲自在，半官半隐，安心做一枚静静的美男子。

“行到水穷处，坐看云起时”。诗人也是散人，学士也是居士。辋川是王维的桃花源。

辋川别业原来属于初唐大诗人宋之问，后来，易主到了王维手中。王维有洁癖。《洛阳要记》中说，他见不得他的辋川别业地上有一丝尘土，专门雇了十几个人负责扫地，还让两个童子专门制作扫帚，即便如此，还经常忙不过来。

王维的洁癖还表现在诗歌里，特别是他的山水诗，干净极了，极清，极淡。例如，这首《山居秋暝》：

空山新雨后，天气晚来秋。
明月松间照，清泉石上流。
竹喧归浣女，莲动下渔舟。
随意春芳歇，王孙自可留。

辋川别业的装修风格也呈现出一种简约的美。他的房间中仅有茶档、茶臼、经案、绳床，此外一无所有。

在辋川，王维完全过着禅意和诗意的生活，闲适而精致。如果说，辋川中的王维和他的诗是精美的瓷器，但他是如何被世事锤打成泥坯，又是如何被投入岁月的窑内焚烧的呢？

从王维十七岁时的一首诗说起吧。出名要趁早。十七岁，美少年王维就从山西老家来到长安发展了。那年的重阳节，王维于长安的乐游原上登高望远，写出了《九月九日忆山东兄弟》这样的千古名作：

独在异乡为异客，每逢佳节倍思亲。
遥知兄弟登高处，遍插茱萸少一人。

唐玄宗的弟弟岐王李范是个热爱音乐的文艺青年。因为年纪相仿，兴趣相投，王维就和岐王李范等人走到了一起，和他们在一起的还有李龟年。借此，王维得到了玄宗的妹妹玉真公主的垂青，并在科举考试中中了状元。——唐朝大诗人里中过状元的不少，有名的还有“少小离家老大回”的贺知章。

公元721年，王维被任命为太乐丞。表面看，这太乐丞是个小官，才八品。可是要知道，唐玄宗是个超级音乐迷，艺术修养极高。王维做了太乐丞，便可以随时亲近皇帝，前途未可限量。

这一切，都是玉真公主的安排。为什么要这样安排？玉真公主也是为了自己与王维见面时方便一些。是的，公主喜欢王维了。

但是，几个月后，因为“黄狮子舞事件”，王维遭到贬官，离开长安，到济州管理仓库去了。事情是这样的，“黄狮子舞事件”这个节目按照规定只能演给皇上看，可是有几个演员私底下偷偷演了一回。此事曝光后，王维就受到了牵连。

有人说，此事还是因为王维得罪了玉真公主。他无视公主的青睐，不但开始疏远公主，还私自娶妻了。为了表示歉意，王维给玉真公主写了一首诗，《息夫人》：

莫以今时宠，能忘旧日恩。

看花满眼泪，不共楚王言。

息夫人本是春秋时息国君主的妻子，非常美貌。楚王灭了息国，霸占了息夫人。后来息夫人给楚王生了两个孩子了，但几年来始终不和楚王说一句话。

王维在这首诗里表达了自己的态度：公主殿下，您对我的宠爱，实际上对我是一种侮辱和摧残。就算勉强和您在一起，我也会像息夫人一样，了无生趣。见到此诗，玉真公主果然偃旗息鼓了。其实，此事八成是后来好事者的演绎附会，《本事诗》中有载，此诗为王维在宁王李宪宴上因卖饼人妻子之事而作。

四年后，唐玄宗大赦天下，王维才得以重回长安。此时，大唐的宰相是张九龄。王维给张九龄写诗，诗写得很直白："贱子跪自陈：可为帐下不？"

张九龄很欣赏王维，提拔王维做了右拾遗。出去喝酒呀打猎呀，也带着王维。然后，王维就一步一步得到了提升，因此他一辈子都很感恩张九龄，把张九龄当成自己的人生导师，在给张九龄的诗中，他写道："举世无相识，终身思旧恩。"

在此期间，他还结识了来长安游玩的孟浩然。两人并称"王孟"，垄断了当时山水田园诗的创作。

孟浩然来长安表面上是玩耍，今天找这个喝酒，明天找那个吟诗，但其实他是来求官的。一次他偶遇唐玄宗，但是话没说好，唐玄宗拂袖而去，搞砸了。折腾了几年徒劳无功，孟浩然体会到世态炎凉、人情如水，便离开了长安。临走前，他给王维留下一首诗《留别王维》。

寂寂竟何待，朝朝空自归。
欲寻芳草去，惜与故人违。
当路谁相假，知音世所稀。
只应守寂寞，还掩故园扉。

其中对王维颇有怨意，隐然有责怪他不施以援手之意。此后“王孟”二人分道扬镳。

孟浩然离开长安，在武昌遇见了李白，两人相见甚欢。随后孟浩然要去扬州，作别的时候，李白写下了著名的送别诗《送孟浩然之广陵》:“故人西辞黄鹤楼，烟花三月下扬州。孤帆远影碧空尽，唯见长江天际流。”

后来，李白也来到长安发展，和贺知章等文坛名士打成一片，但和王维并没有交集。也许从孟浩然那里，李白先入为主，已经有了王维是凉薄之人的印象。以李白之热烈，之孤傲，断然是不屑再和这样的王维相交的。但他一直很欣赏孟浩然，十年后还写了《赠孟浩然》:“吾爱孟夫子，风流天下闻……”

王昌龄也是孟浩然的好朋友。开元二十八年，王昌龄游襄阳，访孟浩然。当时孟浩然患有痈疽，快要痊愈了，医生吩咐不能食用海河之鲜。可是，老友见面当然要盛情款待，喝酒吃饭。席中有一道查头鳊。鳊鱼好吃，肉质嫩滑。喝酒过头了，孟浩然一见鳊鱼，医嘱早丢到脑后。散场后王昌龄还没有离开襄阳，孟浩然就因此而去世，年仅五十二岁。

孟浩然因“浪情宴谑，食鲜疾动”而死的消息传到长安，王维忆起往事，于是替孟浩然造了坟墓，建了孟亭，画了《孟浩然像》和《孟浩然马上吟诗图》以作纪念。

此时的王维其实已经“晚年唯好静，万事不关心”了。这两句诗是张九龄被笑里藏刀的一代奸相李林甫搞下台后，王维写给张九龄的。王维一生，前期积极入仕，后期消极避世。这种转折正是由张九龄被罢相引发的。

李林甫取代张九龄后。王维很清楚，作为张九龄的朋友，自己要在朝中自保，最好的办法就是“身在其位，不谋其政”。于是，他走进了辋川，过起了半官半隐的生活，平日只有两桩事，坐禅和作诗。

尽管这样藏身避祸，王维的仕途依然通畅。

大唐军队打了胜仗，王维被派去嘉奖慰劳，于是便有了“大漠孤烟直，长河落日圆”这样雄浑的边塞诗。

日子本来就这样一天一天混下去了。但到了天宝十四年，一切突然变了——安史之乱爆发，安禄山领兵攻陷长安。安禄山本名轧荦山，是“亚历山大”一词的转音，但是后来他改姓安氏，名字也改成了禄山，禄山是突厥语“光明”的意思。

安史之乱时，王维还没来得及逃出长安城便遭俘虏，被关押在菩提寺里。他的朋友裴迪冒死前来探视，还带来了一桩新闻：“凝碧池惨案”。

安禄山身体肥胖且长年长疮疖，起兵叛乱后视力也渐渐模糊起来，因此娱乐活动仅限于听听音乐。某日他在凝碧池喝酒，派人把唐朝的皇家乐队押来，令其演奏助兴。

乐师们触景生情，黯然落泪。其中有个叫雷海青的将乐器扔在地上，跪向西方大哭——当时唐玄宗在长安以西的四川。安禄山勃然作色，大开杀戒，乐师们喋血凝碧池。

王维与这些乐师们相熟，听罢悲泣良久，吟出一首诗：

万户伤心生野烟，百官何日更朝天。
秋槐叶落空宫里，凝碧池头奏管弦。

裴迪把这首诗默默记在心里，回家后偷偷抄到纸上，保存了下来。

王维名声太大了，安禄山需要他这样的人给自己充门面，没多久他就释放了王维，迫使他接受了伪职。

大唐王朝气数未尽，不久两京收复。出任伪职者都被认定为卖国贼，多半掉了脑袋。而审王维的时候，裴迪呈上了那首《凝碧池》，证明王维身在曹营心在汉。“百官何日再朝天”，他心心念念盼着早早朝见大唐天子呢！

这真是一首救命诗。

此时大唐的皇帝是肃宗。王维的弟弟王缙在平乱中立了大功，是肃宗跟前的红人。王缙请求削官为兄长王维赎罪，肃宗不看僧面看佛面，只是将王维贬职了事。投降变节成为洗刷不掉的污点，王维以此事为恨，他多次申请“出家修道”“奉佛报恩”，但未获允许。

心有倦意的王维此时更加看淡世事。“一生几许伤心事，不向空门何处销”，他一得空就躲在辋川做礼佛的居士。王维把手杖头雕成斑鸠的样子，用乌龟壳垫床脚，无事便坐在北窗下焚香打坐，有时还会约一群人一起诵经文。

在给朋友的信中，王维说自己“偷禄苟活”。正因如此，禅心入诗，触目菩提，下笔就是：“清浅白石滩，绿蒲尚堪把。家住水东西，浣纱明月下”——从此真成“诗佛”了。

王维的名字一听就和佛有缘，王维，字摩诘。“维摩诘”是梵语，意为洁净无垢，同时也是佛教里一个菩萨的名字。维摩诘得道前家财万贯，奴婢成群，口才超好，说起佛法来文殊菩萨都不是对手。王维好佛，又有洁癖，名维字摩诘，合适极了。

以世俗的眼光看，在辋川清修的王维是孤独的，他的妻子已去世多年，当时王维才三十一岁。接下来王维终身未续娶，孤居三十年——辋川一直没有女主人。

对于王维此后不续弦的原因，后人猜测颇多。是忘不了早逝的妻子，还是痴心学佛，对男欢女爱不放在心上？而且，王维的诗中从来没有提到过妻子，仿佛她从来不存在一样。

为妻子没写过诗，但是为另一个男人，王维却写了好多首诗。这个男人就是田园诗人裴迪——去菩提寺里探望被囚禁的王维的那位朋友。写给裴迪的诗里最有名的就是《辋川闲居赠裴秀才迪》：

寒山转苍翠，秋水日潺湲。
倚杖柴门外，临风听暮蝉。
渡头馀落日，墟里上孤烟。
复值接舆醉，狂歌五柳前。

还有这首《赠裴迪》：

不相见，不相见来久。
日日泉水头，常忆同携手。
携手本同心，复叹忽分襟。
相忆今如此，相思深不深？

王维也为李龟年写过诗：红豆生南国，春来发几枝？愿君多采撷，此物最相思。典型的王氏风味，朴素无华，委婉含蓄，语近情遥，令人神远。

“春又来看红豆开，竟不见有情人去采”——上元二年（761），王维无痛无疾，在留下文字向亲友辞别后，安然离世，享年六十一岁。唐代宗为他提笔写下了八个字：“名高希代，天下文宗。”“但去莫复问，白云无尽时”，就这样，一代诗宗被葬在了辋川。王维和辋川永远在一起了。

第二年，李白也去世了——诗歌最伟大的时代似乎要沉寂了。

不，不会沉寂，因为此时杜甫正身在巴蜀，一代诗圣的创作黄金期就要开始了。

四

葫芦飘去，红叶飘来
君读我诗莫疑猜

——唐朝人推广起自己的诗也是蛮拼的

我很喜欢画家高军（豆瓣网名为“风行水上”）先生的文章。

高军先生爷爷的兄长在民国时期办过报纸，那份报纸干的是造谣生事加敲诈勒索的营生。高军先生在《倒霉大爷》里有一段妙文，如下：

他大爷回忆说：不怕有人来砸摊子。我们在地方也有点势力，有几个编辑就在桌角靠着趁手家伙。我买了把小手枪放在抽斗里，来了就跟他们干！报馆门口经常打架，那一年不打倒几个都不算办报。

高军：什么报呀？整个一流氓报！

高军他大爷翻了一下白眼，吃吃地笑了：我觉得我们报好看得很！每天我都登几首我的诗，过瘾得很。

遥想当年，在正式刊物发表作品，让自己的文字变成铅字，对于爬格子的诸君来说是多么光宗耀祖，多么欢天喜地，多么痛快过瘾的一件事啊。

我初中时候在《儿童文学》杂志发表了一首小诗，得到人生第一笔稿费，五十元，激动得流泪了：这杂志真好，都让我过瘾了，应该是我给人家交钱嘛，咋还给我发钱呢？

末代皇帝溥仪也曾经是紫禁城里的文学青年。他用化名向报刊四处投稿。可惜稿件寄出后，便泥牛入海，音讯全无。1922 年夏，十六岁的溥仪把一首题名为《鹦鹉》的五言诗用“邓炯麟”的笔名投寄到上海小报《游戏日报》，发表了。接着他先后又寄出两首，又很快被这家报纸采用。

溥仪的英文教师庄士敦（Johnston）很是欣喜，特意把溥仪发表的这三首诗译成英文，收入他的回忆录《紫禁城的黄昏》一书中。庄士敦在书中指出化名邓炯麟的诗人不是别人，正是清帝溥仪。

但是，溥仪晚年在他的自传《我的前半生》一书中透露，他当年发表的那三首诗，其实是抄袭明代一位诗人的，而他的老师庄士敦和报社编辑都没有看出来！

啰唆了半天，问题来了，在一千多年前的唐朝，在那个诗人扎堆、诗歌喷涌的伟大时代，诗人们写完了诗，在什么地方发表呢，又怎么过瘾呢？

让我们先回到 744 年的某一天：

这天，李白游历到了洛阳。在洛阳的一座寺庙里，李白在一面墙壁上看到了这样一首诗：

隐居三十载，筑室南山巅。
静夜玩明月，闲朝饮碧泉。

樵夫歌垄上，谷鸟戏岩前。

乐矣不知老，都忘甲子年。

李白一边吟哦，一边赞叹：此仙人诗也！再看该诗的落款，原来是当地一个隐士，叫许宣平的写的。李白觉得，这个人和我气味相投，我要和他交朋友，便速速寻访，可惜没有遇到。

注意一下，李白看到许宣平诗的那面墙不是普通的墙，是“诗墙”，或者叫“诗壁”。那就是唐朝诗人发表诗歌的重要阵地，形式类似于后世的黑板报。所谓诗墙，就是把自己的诗写到墙壁上供过路的四方君子观看，求点赞，求转发。

当然，不是所有的墙壁都叫诗墙。作为诗墙的墙壁是经过选择的，要选择人流量大的闹市街铺、风景名胜、交通驿站等地的墙，这样才能被更多人看到。

唐朝最出名的题壁诗是常建的《题破山寺后禅院》，其中的“曲径通幽处，禅房花木深”一句广为流传，影响很大。

在唐朝，墙上没几首像样的诗，便显得寒碜。当年白居易要路过巫山，当地的县令就事先在巫山神女祠墙壁上，用醒目的大字写上“苏州刺史今才子，行至巫山必有诗”，目的是请白居易留诗，以求为当地增添人文景观。

诗墙就那么大一点地方，你也写，我也写，时间一长就写满了。要更新内容，就要重新粉刷，挺麻烦的。于是，有人想出了新办法，把诗写到一块一块的木板上，再把木板悬挂在闹市的墙壁等处，既扩大了墙壁的容量，又易于更新，这就是唐朝的“诗板”了。

诗人张祜在《题灵彻上人旧房》中写道：“寂寞空门支道林，满堂诗板旧知音”——看，庙里都挂满了诗板。诗人郑谷在《送进士吴延保及第后南游》中写道：“胜地昔年诗板在，清歌几处郡筵开”——诗板在诗人的回忆里永远那么清晰。

唐朝人薛能路过四川的泉亭，见“亭中有诗板百余”——满啦！

诗板尺寸再小一点，就是“诗屏”，写着诗的屏风。不过，诗屏是要摆在自己家里的，因为太精致贵重了。等客人来了，主客看着屏风上的诗，一起慢慢地品。

诗屏上所写的诗，不一定是主人自己的原创作品，有时会是朋友或偶像的诗。诗歌大家白居易和元稹齐名，人称“元白”。白居易就曾经把元稹的一百首绝句写在自家的屏风上。作为报答，元稹便在一堵寺庙的墙上写满了白居易的诗。

白居易非常感动，感叹道：

君写我诗盈寺壁，我题君句满屏风。
与君相遇知何处，两叶浮萍大海中。

不管诗写在墙上、板上还是屏风上，其实都是博眼球的低级方式。在遍地是诗的唐朝要想把自己的诗歌推出去，提高阅读量，走寻常路是不行的。

陈子昂从小习武，后来练剑误伤了人，这才弃武从文，进了学堂。然而两次科举不中，只好滞留在了长安。有一天，陈子昂在长安街头溜达，看见有人在卖胡琴，索价百万，豪贵围观，就是没人敢出价。陈子昂挤进人群，在众目睽睽之下买了这把胡琴，并宣称次日将在长安宣阳里为众人用此琴演奏。

第二天，等众人聚齐，陈子昂手捧胡琴，昂然而起："我虽无二谢之才，但也有屈原、贾谊之志，自蜀入京，携诗文百轴，四处求告，竟无人赏识，此种乐器本低贱乐工所用，吾辈岂能弹之！"说完，他用力一摔，将这昂贵的胡琴摔得粉碎。在众人目瞪口呆之际，他开始散发自己的诗稿。众人都蒙了，稀里糊涂地接过一看，真是好诗：

遥遥去巫峡，望望下章台。
巴国山川尽，荆门烟雾开。
城分苍野外，树断白云隈。
今日狂歌客，谁知入楚来。

陈子昂砸琴促诗的自我推销方案大获成功。此事轰动京城，连女皇武则天都召见了他。从此，他一炮而红。

可惜的是，后来陈子昂在官场失意，最后竟然冤死在大牢里。他在失势的时候，路过幽州古台，写了一首著名的忧愤之诗：

前不见古人，后不见来者。
念天地之悠悠，独怆然而涕下。

这是一曲吊古伤今的悲歌，在时空的长河中，人人微如草芥。千古以下，读来仍令人叹息。

贾岛屡次科举失利，为了混口饭吃，他寄身于长安城里的一座庙中当和尚。虽然如此，他仍然不忘作诗。

《唐摭言》记载：某一日秋风劲吹，黄叶满地，贾岛骑着驴，打着伞走在长安街市上。此时，对面来了京兆尹刘栖楚的轿子和仪仗，贾岛非但没有躲避，反而朝驴屁股狠抽一鞭，冲撞上去。

被警卫按倒的贾岛说，自己正在作诗，得了一句“秋风吹渭水”，不知道下一句如何炼句，苦苦思索，物我两忘，稀里糊涂才冒犯了仪仗。但刘栖楚并无怜惜之情，将贾岛抓起来关了一夜。

不过贾岛因此声名大噪，不少人因此知道了长安城里有个会写诗的苦吟和尚，还有人开始传抄他的诗。

而“秋风吹渭水”的下一句贾岛后来自己接上了——“落叶满长安”。这两句诗实在是气象非凡，此后的历朝历代都曾被借用。宋词中说：“渭水西风，长安乱叶，空忆诗情宛转。”元曲中也用：“伤心故园，西风渭水，落叶长安。”

因作诗而冲撞官员，贾岛还有一次，那次冲撞的是京兆尹韩愈，那可是当之无愧的文学宗师。贾岛说他得了两句诗“鸟宿池边树，僧敲月下门”，到底用“敲”字好还是用“推”字好，拿不定主意。骑在毛驴上，比划着敲啊推呀，敲啊推呀，结果就稀里糊涂冒犯了领导。

韩愈爱诗，爱才，也好为人师，常以伯乐自居，所以不但没恼，反而乐了。他分析了一番，告诉贾岛，“敲”字好！从此，贾岛成了韩愈的门生。借助于韩愈的提携和推举，贾岛诗名大振，并趁机还俗。

唐朝还有一个爱写诗的和尚，名叫唐求。他居于深山古寺，与外人接触极少。每次写好诗，他都将诗装入葫芦瓢中，再将葫芦瓢投到小溪里，目送其顺流远去……唐求因而被当时人称为“一瓢和尚”或者“诗瓢”。

一瓢和尚唐求不是一个人在战斗，在长安城中的深宫内苑，诗歌的漂流瓶一个接一个地漂了出来。

司马札诗云：

柳色参差掩画楼，晓莺啼送满宫愁。
年年花落无人见，空逐春泉出御沟。

那些会写诗的宫女们在寂寞中把通向宫外的御沟变成了自己的诗歌通道。她们没有葫芦瓢，唯有片片红叶，凝结痴情。

有个叫顾况的读书人，看到流水从宫墙内送来一片红叶，捞起一看，上面有诗："一入深宫里，年年不见春。"还有书生李茵，也见一片红叶自御沟中流出，上题诗："流水何太急，深宫尽日闲。殷勤谢红叶，好去到人间。"

这样的例子很多。反正这些读书人没事就在宫墙外的御沟旁守着呢。他们获得这样的题诗红叶，如获至宝，想入非非：红叶是从宫里漂出来的，这诗一定是宫里最有才情的宫娥写的，一定要好好珍藏。

杜牧写道：

银烛秋光冷画屏，轻罗小扇扑流萤。
天阶夜色凉如水，卧看牵牛织女星。

从诗中看，宫中女子好像很清闲。但其实不然，她们也要做女红，要为边关的将士缝制棉衣。

唐朝开元年间，有一位戍守边关的兵士领到一件棉衣，在棉衣夹层里发现了一首诗：

沙场征戍客，寒苦若为眠。

战袍经手做，知落阿谁边？

蓄意多添线，含情更着绵。

今生已过也，结取后身缘。

这首诗缠绵悱恻，唤起了兵士的思亲之情，令军中一时人心浮动。消息传回京城，唐玄宗一代英主，将那位兵士从边关召回，又将那位宫女嫁给了他。此事一时传为美谈。

在唐朝，诗写得好是可以谋前程的，诗人写诗的终极目标就是用诗歌换官印。既然诗歌是敲门砖。那么，敲就要敲响，就要讲求诗歌在传播中的智能化精准投放了。

唐朝虽有科举考试，但当时试卷并不糊名，主考官要优先考虑权势者举荐之人。诗写得再好，无人举荐也是枉然。所以唐朝的读书人热衷于“干谒”。

所谓“干谒”，就是带着自己的诗作去拜访权贵，以求举荐。想当年，李白和王维也干谒过玄宗皇帝的妹妹玉真公主。

在王维笔下，玉真公主的居所是这样的：“碧落风烟外，瑶台道路赊。如何连帝苑，别自有仙家。此地回鸾驾，缘谿转翠华。洞中开日月，窗里发云霞……”因为玉真公主的举荐，王维中了状元。

而李白的《玉真仙人词》比王维的更高妙：“玉真之仙人，时往太华峰。清晨鸣天鼓，飙欻腾双龙。弄电不辍手，行云本无踪。

几时入少室，王母应相逢。”

玉真公主投桃报李，向玄宗极力推荐李白，李白得以入宫去写歌词。后来，玉真公主辞去公主名号，远去安徽宣城修道。李白著名的《独坐敬亭山》:“众鸟高飞尽，孤云独去闲。相看两不厌，只有敬亭山。”有人说此诗其实就是写给玉真公主的。当时玉真公主正是在安徽敬亭山上修道，李白望的是山上的公主啊！

李白还有诗道：

常夸云月好，邀我敬亭山。
五落洞庭叶，三江游未还。
相思不可见，叹息损朱颜。

此中的相思，还是源于玉真公主。李白一生漂泊，在他的心里，玉真公主永远是一位令他深深怀慕和遥思的女神。762年，玉真公主去世，葬于敬亭山。李白也于同一年死于敬亭山下的当涂县。

唐朝最著名的干谒诗应该是孟浩然的那首《望洞庭湖赠张丞相》:

八月湖水平，涵虚混太清。
气蒸云梦泽，波撼岳阳城。

欲济无舟楫，端居耻圣明。

坐观垂钓者，徒有羡鱼情。

“气蒸云梦泽，波撼岳阳城”，写得有气象，有才情，有态度。诗中虽然没有直说，但是意思很明显：希望张丞相张九龄能为自己引荐。

张九龄风神潇洒，玄宗每次早朝，看到玉树临风的张九龄，就感觉清净澄明。张九龄也是个大诗人，他的“海上生明月，天涯共此时”我们都不陌生，他与孟浩然也有过接触。但他并没有把孟浩然推荐给玄宗。

然而，有一天，孟浩然和唐玄宗不期而遇。传说，孟浩然的朋友张说，某次偷偷带孟浩然进了内署。不承想，玄宗恰在此时前来。一惊之下，孟浩然躲到了床下。张说不敢隐瞒，据实奏闻，说写诗的孟浩然在此。玄宗便叫他出来相见，再赋诗一首。

玄宗本是个爱诗爱才的文艺皇帝。他曾带着一群人踏青，苏颋吟出了“飞埃结红雾，游盖飘青云”的佳句。玄宗十分喜欢，竟亲手摘花，插到苏颋头上。

这次相遇，本是孟浩然的一次大好机会。看着玄宗神色和气，孟浩然也不那么紧张了，当即口占一诗：

北阙休上书，南山归敝庐。

不才明主弃，多病故人疏。

白发催年老，青阳逼岁除。

永怀愁不寐，松月夜窗虚。

玄宗一听脸就沉了下来，“不才明主弃”，我何曾弃你？你自弃尔！玄宗拂袖而去，抛下一句话：今天为什么不吟你的“气蒸云梦泽，波撼岳阳城”呢？从此，孟浩然失去了晋升的机会。

仔细想想，张九龄和王维为什么不举荐孟浩然？因为张九龄和王维这种官场老手，必定了解以孟浩然这种文人的疏狂，断难适应波谲云诡、勾心斗角的官场斗争！

不过，孟浩然多多少少还是得到一些安慰吧！我的“气蒸云梦泽，波撼岳阳城”都传到皇帝耳中了！此生足矣！

五

夫子沉郁，厌战厌兵

草堂留得吟诗声

——都说“杜甫很忙”，你知道他忙些啥吗？

蒙古南侵，襄阳城风雨飘摇。郭靖与杨过两代大侠面对着大宋的大好河山，心中感慨无限。郭靖扬鞭吟道：

大城铁不如，小城万丈余。
连云列战格，飞鸟不能逾。

杨过跟着念道：

胡来但自守，岂复忧西都？
艰难奋长戟，万古用一夫。

他们读的，都是杜甫的诗。读完了，郭靖道："中国文士人人都会作诗，但千古只推杜甫第一，自是因他忧国爱民之故。"杨过道："'为国为民，侠之大者'，文武虽然不同，道理却是一般的。"

金庸借这二人之口，称赞杜甫乃是中国第一诗人，是为国为民的诗圣。

杜甫出身于书香门第。他的祖父为初唐诗人杜审言，是唐代近体诗的奠基人之一。杜审言的诗多以浑厚见长，杜甫评价乃祖的诗，说：“吾祖诗冠古。”试看他的《春日怀归》诗：

心是伤归望，春归异往年。
河山鉴魏阙，桑梓忆秦川。
花杂芳园鸟，风和绿野烟。
更怀欢赏地，车马洛桥边。

桑梓就是故乡、故园的意思。“桑梓忆秦川”，杜家祖籍陕西，交代得很清楚。

杜审言与李峤、崔融、苏味道并称为“文章四友”。其中苏味道有一个别称：苏模棱。模棱两可，可见其性格。苏味道的《元宵诗》中有句云：“火树银花合，星桥铁锁开”，使他名噪一时。

杜审言与苏味道二人曾在朝中共事，某次一起评阅各地官员上交的述职报告，看完后还要给个评语。杜审言先写完，他意气洋洋地出来说：“苏味道要死了。”大家大惑不解。杜审言说：“他要是看到我光焰万丈的评语，就得羞愧而死！”他还经常说：“文章上，屈原和宋玉都要给我打下手；书法一道，王羲之得对我俯首称臣。”

这种狂傲的性格，终于使杜审言因言获罪，被贬至东北。随即又因得罪同僚，被投入监狱，定了死罪。

杜审言之子杜并，才十三岁，有侠气。为报父仇，他提剑刺杀了一个陷害杜审言的官员，结果被官员的侍卫当场砍死。

此事震惊朝野，大家皆称杜并是孝子。武则天闻知此事，特召杜审言入京师，为其文才所动，免其罪，留其在京城做官。

有一次杜审言病重。宋之问前来探望。杜审言却对宋之问说："我不死，你就没法出头。我一死，你就可以冒尖啦——只可惜，世上再无我这么有才华的人了！"

杜审言一生疏狂，因此史书给他的评价是两个字：矜诞。杜甫降生时杜审言已经去世四年，但杜甫很崇拜祖父，他曾在儿子生日时骄傲地谈家史、话传承，说："诗是吾家事，人传世上情。"

一提杜甫，我们脑海里大多会浮现画家蒋兆和笔下的《杜甫像》。画中的杜甫一身瘦骨，一脸孤寂，笔墨之下，萦绕苍凉。画入选中学教材，影响很大。其实，蒋兆和是以自己为模特画了这幅画，他在题款中先引了两句杜甫的诗："丹青不知老将至，富贵于我如浮云"；又自题了两句："我与少陵情殊异，提笔如何画愁眉。"

2012年起，关于杜甫的涂鸦图片在微博上疯转：脑洞大开的学生们纷纷打开课本对杜甫形象进行再创作，蒋兆和笔下的杜甫时而扛着水桶，时而弹奏吉他，时而变身福尔摩斯……这被网友戏称为"杜甫很忙"。

杜甫忙不忙另说，他留给我们的印象是"杜甫很穷"："布衾

多年冷似铁”“床头屋漏无干处”。你想吧，一个枯瘦的老人，住在茅草屋里，冻得瑟瑟发抖，吃穿无着，日子过得太辛苦了。

不过，杜家原本门第很高。杜甫出身于京兆杜氏，那是扎根于首都的根深叶茂的显赫士族。杜甫的祖父、父亲、叔叔以及众多亲属都身居高位，家庭环境相当优越。

七岁那年，杜甫在洛阳观看了一场高水准的文艺演出。一票难求，因为演出者是公孙大娘。公孙大娘并非是老妇，而是个花季少女。在唐朝，大娘指的是家族中最大的姑娘。

公孙大娘很美，是大唐国宝级的舞蹈表演艺术家。大唐的舞蹈双璧，一个是唐玄宗与杨贵妃主创的宫廷舞蹈，霓裳羽衣舞，一个就是公孙大娘的剑舞。公孙大娘舞起剑来，剑气如虹，姿态万千。她的剑舞可以激发艺术灵感。张旭看过公孙大娘舞剑，因此而得草书之神，后来成了草圣。张旭的学生吴道子看过公孙大娘舞剑后，体会到了用笔之道，后来成了画圣。

杜甫看过公孙大娘的剑舞后写出了自己的处女作，题目叫《凤凰》。他在诗中幻想自己会是一只凤凰。而众所周知，凤凰代表了荣华富贵、万众瞩目的人生巅峰。

二十四岁那年，杜甫参加科考落榜后在齐鲁燕赵间漫游。他写道：“放荡齐赵间，裘马颇清狂。春歌丛台上，冬猎青丘旁。呼鹰皂枥林，逐兽云雪冈。”年少轻狂，驾鹰走马，豪情万丈。在此期间，他还登上泰山，一吐胸臆：

岱宗夫如何？齐鲁青未了。
造化钟神秀，阴阳割昏晓。
荡胸生层云，决眦入归鸟。
会当凌绝顶，一览众山小。

杜甫直到三十岁才在洛阳首阳山下的陆浑山庄安定下来，娶妻生子。他的妻子杨氏出身官宦人家，曾多次在杜甫的诗中出现，她贤德，有才学，还喜欢下围棋。杜甫晚年漂泊之时，她曾在纸上画棋格，与杜甫下棋解闷。

婚后第三年的夏天，杜甫与李白在洛阳相遇了——这是中国文学史上最伟大的相遇之一。

当时的李白名震诗坛，是神一般的存在。但几句吟唱、几番交谈下来，李白便对杜甫另眼相看。李白从长安解职后，一路纵情山水，来到洛阳。他给杜甫讲了自己的故事，有夸张，有渲染。杜甫被迷住了，他被李白的诗化人格所裹挟，一时陶醉、崇拜、神往。

杜甫后来在《饮中八仙歌》中这样描写李白："天子呼来不上船，自称臣是酒中仙。"唐玄宗召见诗仙，李白却"不上船"。"不上船"是当时的俚语，是敞开衣襟，袒露胸怀之意。

李杜二人在河南开封、商丘一带游山玩水，从夏天一直玩到秋天，还在当地遇到了高适。高适也写诗，“莫愁前路无知己，天下谁人不识君”“借问梅花何处落，风吹一夜满关山”，诗如其人，满腔豪气。高适当时正“混迹渔樵”“狂歌草泽”，此地是他的地盘，人熟地熟，由他作陪，再合适不过了。

和李白与高适这段歌酒酣畅的日子，杜甫一生难忘，“忆与高李辈，论交入酒垆”“气酣登吹台，怀古视平芜”。

第二年，杜甫想念李白，又前往山东济宁与李白再次相会。当时的杜甫背着斗笠，身形瘦削，李白写了一首诗调侃他：

饭颗山头逢杜甫，顶戴笠子日卓午。
借问别来太瘦生，总为从前作诗苦。

二人一同游山玩水，寻仙访道，“醉眠秋共被，携手日同行”。这种肝胆相照的情怀，让杜甫一生对李白都念念不忘。这次短暂的相聚后，李白和杜甫此生再未相见。

两人分别后，杜甫带着自己的凤凰梦前往长安，求取功名。

杜甫在长安熟人多。一去长安，就带着自己的诗稿去找汝阳王喝酒，约驸马郑浅喝茶。他也认识王维，没事就去听他弹琴。这样一耗就是十年。开始还行，兜里有钱，万事不难。没几年，父亲过世，杜甫的日子就渐渐难过了。

他在诗中这样描述自己的这段穷困生活：

骑驴十三载，旅食京华春。
朝叩富儿们，暮随肥马尘。
残杯与冷炙，到处潜悲辛。

在长安期间，杜甫自称“少陵布衣”“杜陵野老”“杜陵野客”，这段艰辛的日子，后人称为他的“落第高才苦长安”阶段。

终于，在韦见素的协调下，杜甫得到一个八品官职，这时他已经四十四岁了。然而没几天，安史之乱便爆发了。

安史之乱第二年，潼关失守，长安危急，唐玄宗带着杨贵妃逃离长安。太子李亨在甘肃匆匆即位，是为肃宗。杜甫安顿好家人，只身北上，投奔肃宗。但半道上，他遇到叛军，又被押回长安。同样被俘的还有大诗人王维。

王维职位高，名声大，被严加看管，而杜甫官职小，反倒多少有点自由。这段时间，他创作了不少好诗：

国破山河在，城春草木深。
感时花溅泪，恨别鸟惊心。
烽火连三月，家书抵万金。
白头搔更短，浑欲不胜簪。

一个人被困长安，杜甫思念远在鄜州（今陕西富县）的妻子，他写下了一首《月夜》：

今夜鄜州月，闺中只独看。
遥怜小儿女，未解忆长安。
香雾云鬟湿，清辉玉臂寒。
何时倚虚幌，双照泪痕干。

古代诗歌中，真切描写对妻子的思念之情的，杜甫这一首可谓翘楚。

至德二年（757）四月，被困两年的杜甫冒险从城西的金光门逃出长安，投奔了肃宗，被肃宗授为左拾遗。结果没几天就因替获罪的宰相房琯说了几句公道话，触怒肃宗，被贬到华山脚下的华州去做管理兵器仓库的小科员了。

在华州，杜甫的诗中记载了两顿令人难忘的饭。其中一顿是在一个姓卫的朋友家吃的：夜雨剪春韭，新炊间黄粱（《赠卫八处士》），典型的农家饭。那是春雨绵绵的晚上，杜甫吃得津津有味。什么是“剪春韭”？据说是一种烹制韭菜的方法：将韭菜迅速放入热盐水里烫个半熟捞出，再剪成段投入冷水中。这样做出来的韭菜清脆可口，别有风味。

另一顿吃的是白米饭加生鱼片：

无声细下飞碎雪，有骨已剁觜春葱。

偏劝腹腴愧年少，软炊香饭缘老翁。

在这动荡的岁月里，朋友用美食温暖了杜甫的胃和心。

乾元二年（759）夏天，关中大旱。杜甫一家断炊了，他只得带着妻儿几经辗转，去了成都，投奔在当地做官的朋友严武。一家人在成都城西的浣花溪畔建成了一座容身的草堂。

日子清苦，情趣还是有的，杜甫跟好几位地方官员朋友索要了树苗来美化庭院，有桃树、有绵竹、有桤木、有青松……

杜甫是浣花溪迎来的第一位大诗人，以后它还将接纳女诗人薛涛。后文再细说吧。

杜甫来投靠严武，按理说两个人应该关系不错，但是他们其实三观不统一：杜甫看不惯严武的奢侈，严武看不惯杜甫的迂腐。

一次杜甫喝醉了，借着酒性呵斥严武：严挺之居然有你这样的儿子！严武之父严挺之官做得挺大，但是一生都很节俭。严武大怒。杜甫也觉得自己过分，只好自己打圆场：我是杜审言那怪老头的孙子。

人在矮檐下，不得不低头啊。

杜甫在四川的穷堪称是教科书式的，一到夏蚕结茧的时节，杜甫就拉着儿子一路请求：给个蚕茧吧。

他此时的诗记录了一切："厚禄故人书断绝，恒饥稚子色凄凉”(《狂夫》),还有更惨的“痴儿不知父子礼,叫怒索饭啼东门”(《百忧集行》)——家里揭不开锅了,正在长身体的儿子吵着要饭吃,在门外哭号。

到了秋天,杜甫的茅屋被风雨所坏,饥儿老妻,彻夜难眠,这就有了著名的《茅屋为秋风所破歌》。——“安得广厦千万间,大庇天下寒士俱欢颜。”

饿得实在没有办法,杜甫只好拉下面子,给彭州刺史高适写信:

百年已过半,秋至转饥寒。
为问彭州牧,何时救急难?

已经发达的高适不忘旧友,从百里之外送米接济他。杜甫有诗为证:“故人供禄米,邻舍与园蔬”“但有故人供禄米,微躯此外更何求。”

借着高适的资助,杜甫在成都的日子慢慢美好起来。有空了他就出门到江边散散步,看到“黄四娘家花满蹊,千朵万朵压枝低”,心里挺美;也在窗前闲坐看风景,“两个黄鹂鸣翠柳,一行白鹭上青天”,心里也挺美;还时常在家招待邻居来喝喝小酒,“肯与邻翁相对饮,隔篱呼取尽余杯”,心里当然挺美的。

在成都一住四年,严武去世,杜甫就离开了,去了夔州(今重庆奉节），投奔夔州官员柏茂林。

柏茂林很照顾杜甫，让他在夔州代管公田一百顷。杜甫自己也租了一些公田，买了四十亩果园，还雇了几个长工。

在当地，杜甫还交了一些志同道合的朋友，经常在一起宴饮。有次，他就在宴会上观赏到了李十二娘的剑器舞。

烛光剑影里，一时间，杜甫有些恍惚，想起自己七岁时在洛阳看公孙大娘舞剑的情形。那时他还是个无忧无虑的小公子，前途一片光明，那时候他还写下了一首寄托了光荣与梦想的《凤凰诗》。

李十二娘舞毕，杜甫上前拱手相问：敢问姑娘，所师为谁？

李十二娘答曰：我是公孙大娘弟子也。

杜甫闻之心中一荡，这一荡就荡出一首千古名篇来：

昔有佳人公孙氏，一舞剑器动四方。
观者如山色沮丧，天地为之久低昂。
霍如羿射九日落，矫如群帝骖龙翔。
来如雷霆收震怒，罢如江海凝清光……

这首诗气势雄浑，沉郁悲壮，借公孙大娘追忆起盛唐的黄金时代——开元盛世。“与余问答既有以，感时抚事增惋伤”，繁华转瞬即逝，凄凉落寞却是长久的。

有一句话叫“文章憎命达”“诗穷而后工”，还有一句话叫“国家不幸诗家幸，赋到沧桑句便工”。恰是在这一时期，杜甫的诗歌创作达到了高峰。

成都四年，夔州两年，杜甫诗作不仅数量大，而且质量高，他的很多重量级的作品都是在此期间完成的。其中的千古绝唱《登高》被后人誉为“七律之首”：

风急天高猿啸哀，渚清沙白鸟飞回。
无边落木萧萧下，不尽长江滚滚来。
万里悲秋常作客，百年多病独登台。
艰难苦恨繁霜鬓，潦倒新停浊酒杯。

这时候的杜甫已经成为第一流的大诗人，只是因为偏居蜀地，所以江湖上欠他一个“诗圣”的名号。他想得最多的就是带妻子回洛阳的陆浑山庄去，做一个幸福的人。

终于，大唐的威武之师成功收复了被安史叛军占据的沦陷区，东都洛阳回到了大唐之手。杜甫闻之，欢喜地又哭又笑：

剑外忽传收蓟北，初闻涕泪满衣裳。
却看妻子愁何在，漫卷诗书喜欲狂。
白日放歌须纵酒，青春作伴好还乡。

即从巴峡穿巫峡，便下襄阳向洛阳。

他在“便下襄阳向洛阳”一句后自注云：“余田园在东京。”

思乡心切的杜甫乘舟出峡，先到江陵，又转公安，又漂泊到岳阳，他没有想到这一段水路竟然这么长，走走停停，几年的光阴全在这船上。到最后，由于局势有变，不但不能北归洛阳，还被迫更往南行去投靠亲戚。

在船上度日的杜甫把自己比喻成一只盘旋在天宇而无处落脚的沙鸥，“飘飘何所似，天地一沙鸥”。

过耒阳途中，遇江水暴涨，杜甫的船被困于洞庭湖畔，五日未食。当地县令和杜甫多少有点渊源，送来了美酒和牛肉。杜甫一顿美餐后，当夜便过世了，时年五十八岁。

杜甫是糖尿病患者。他在诗中说自己“我多长卿病”。汉朝的司马相如字长卿，患有消渴症，古人便以“长卿病”代指消渴症，也就是现代医学所称的糖尿病。

作为糖尿病患者，杜甫居然喜欢喝甘蔗汁，出游还带着大瓶甘蔗汁随时饮用，血糖当然降不下来。

糖尿病令杜甫痛苦不堪，他在诗中多次描述自己的病情，如“闭目逾十旬，大江不止渴”“病渴身何在，春生力无更”，这是糖尿病的典型症状。

杜甫生命的最后一餐，牛肉和白酒，加上暴饮暴食，势必导致胰腺超负，引发酮症酸中毒。

杜甫这一生，奔波劳碌，如今终于可以歇歇了。

杜甫死了，他的诗歌也随之沉寂。你如果有兴趣，去翻翻当时唐人编的诗歌集，如《国秀集》《丹阳集》《中兴间气集》《河岳英灵集》等，会发现里边根本没有杜甫的名字。连什么李嶷、阎防这些三流诗人都选上了，就是没有杜甫。

直到中唐的某一天，当时的诗坛大人物元稹无意中得到了一本杜甫的诗集，随手一翻，惊为天人。他激动得不能自抑，立刻为杜甫写了一篇墓志铭，以此向杜甫致敬。他还写信告诉好友白居易：古往今来的诗人，我看没有一个能比得过杜甫的。白居易回信：是的，在某些领域，杜甫远远高过李白了。

关注到杜甫的不仅仅是元白二公，韩愈也把杜甫和李白并列，他对自己的朋友说，“李杜文章在，光焰万丈长”——李白与杜甫，是唐代诗坛上的两颗明星。

这位朋友就是张籍。张籍读过杜甫的诗，崇拜之情油然而生。他把杜甫的诗稿烧成灰，再拌上蜂蜜，每天有滋有味地喝上那么一杯：我的肝肠从此变成杜甫的啦！

晚唐诗人韦庄是长安人，他在成都找到杜甫当年住过的草堂，修缮后挂上了“杜甫故居”的牌子。从此成都多了一个旅游景点。

此后对杜甫的褒奖绵延千年，从唐到宋，从明到清，千百年来，其势不衰。杜甫的名字真的做到了“光焰万丈长”。

六

茶也吃得，酒也吃得
乐天人作长恨歌

——论写诗，白居易这辈子只服“三个半”

如果非要在大唐诗人里选一个第一高手出来，恐怕你是李白党，我是王维帮，我们要撕破脸皮打一架。因为文无第一武无第二，所以公说公有理，婆说婆有理。

如果退一步，要在大唐诗人里选前三名出来，事情就好办多了，我们会和和气气、顺顺当当地推出三大诗人来：李白、杜甫、白居易。

白居易去世五十年后，晚唐有个叫张为的好事文人，写了一本书叫《诗人主客图》，也就是诗人排名榜了。白居易因诗歌影响大，风靡于社会各阶层，所以被放在榜首，并被称为“广大教化主”。评价很高啊。

清朝乾隆年间，乾隆皇帝钦定人选选编注解的《唐宋诗存》中，一共选了唐朝和宋朝著名诗人六位，白居易排在“李杜”之后。唐朝三大诗人——李、杜、白，这算是官方认定了。

唐朝的诗人，李白号诗仙，杜甫号诗圣，王维号诗佛，李贺号诗鬼……其实，白居易也曾被称作诗仙的，但到了清朝以后，诗仙之名号逐渐坐实在李白身上。因为白居易有诗“酒狂又引诗魔发，日午悲吟到日西”，所以后人称他为“诗魔”。

白居易，字乐天，晚年号香山居士——这个香山不是到了秋天可以看红叶的北京香山，而是洛阳香山。

白居易于唐朝大历七年（779）出生时，王维、李白、杜甫这些大诗人已经相继去世，大唐诗坛领跑的接力棒，历史性地交到他的手上。

白居易的作品质优，量大，流传到现在的有近三千首。最著名的就是《长恨歌》和《琵琶行》。他的诗境界很高，词句却很浅白，所以读者群超级广。他在当时知名度极高，帝王将相、文人墨客、贩夫走卒，谁不会背几首白居易的诗呢？

当时有个豪客去娱乐场所消费，要找个高档次的歌妓。有个歌妓自抬身价，说自己能背白学士的《长恨歌》。这招果然奏效，这客人立刻认定了她。

荆州有位街卒（大约近似于城管），名叫葛清，是白居易骨灰级别的粉丝。他背上自颈部以下，都是白居易的诗配画的刺青，有三十多首，简直体无完肤。他对背上的白居易诗作文身烂熟于心，若人问之，反手都能指出这块儿是什么诗，那块儿是什么诗。

城管大叔以一种惊世骇俗的方式表达了对偶像的崇拜，也为自己赢得了一个外号——“白舍人行诗图”——意思就是行走的白居易诗歌图谱。白居易做过中书舍人，所以叫白舍人。

在日本，白居易更是拥有大批粉丝。很多日本人学写汉诗都以白居易为师。例如，菅原道真写汉诗，当时渤海国（唐朝时我国东北地区的一个国家）的人见到道真的诗，认为有白居易的味道，这评语令道真很高兴，还特别记载下来，引以为荣。

白居易四十五岁那年被朝廷贬官，消息传到日本后，嵯峨天皇甚至和群臣商量要把白居易接到日本供养起来。

日本古典文学作品《源氏物语》被称作日本版的《红楼梦》，其实应该称作日本版的《长恨歌》。该书开篇便将桐壶帝与唐玄宗、更衣与杨贵妃联系到一起。书中大量引用了白居易的诗句，连源氏公子打点行装，也少不得“装《白氏文集》等的书箱和一张琴，也都带去”。

虽然如此，白居易在没有出名前，也少不了背着诗稿到长安行卷。

十七八岁那年，他到了长安当时有名的大诗人顾况府上。顾况一看到诗稿上“白居易”三个字就哈哈大笑说，“长安米贵，居大不易”。

当然，白居易名字里的“居易”并不是居住容易的意思，此词来自《礼记》中的“君子居易以俟命”一句。

顾况开完玩笑后，目光落到了一首诗上，这就是我们所熟悉的《赋得古原草送别》：

离离原上草，一岁一枯荣。

野火烧不尽，春风吹又生。

远芳侵古道，晴翠接荒城。

又送王孙去，萋萋满别情。

这是白居易十六岁时写的，诗中的“野火烧不尽，春风吹又生”一句，蕴含着强烈的生命意识以及对生死枯荣之理的深邃洞察，顾况为之深深触动。面对着初出茅庐的白居易，顾况不敢开玩笑了，马上改口惊叹：“有句如此，居易何难！”

其实，居长安，真不易。白居易在长安租房子住，一租就是十七年。唐长安城是当时世界上最繁华的超级国际化大都市，最多时容纳近两百万人口，长安的房价怎能不高？因而租房也成为了大唐长安生活重要的一部分。

《旧唐书》记载，元和十五年，内侍省所管理的高级官员，一共四千六百多人，只有一千六百多人在长安买了房，其余人都是租房。白居易也不例外，三十二岁的时候做秘书省校书郎，他在长安租了四间房，买了一匹马代步，日子就过起来了。

白居易写诗如此哭穷：

游宦京都二十春，贫中无处可安贫。

长羡蜗牛犹有舍，不如硕鼠解藏身。

且求容立锥头地，免似漂流木偶人。

但道吾庐心便足，敢辞湫隘与嚣尘。

诗人说话就是如此夸张，没有自己的房子，都羡慕带壳的蜗牛和有洞的老鼠了！

因为长安的房子买不起，白居易只好在紧邻长安的老家渭南买了套房，心里这才踏实了些。从此每逢旬休（唐朝官员每十天休假一天，故称旬休），他就快马加鞭去渭南家中小住，第二天天不亮再匆匆赶回去上班。

白居易买不了房其实也不能全怪长安的房价，他很能花钱，生活实在奢侈。他的钱有一大半被用来狎妓。除了狎妓，他穿衣还特别讲究。有一回他做了一件棉布袄子——在唐代棉布是很稀罕的，白居易高兴极了，甚至写了一首诗秀一秀："吴棉细软桂布密，柔如狐腋白似云。"

白居易过冬穿的裘衣既有绫绸的，也有青兔毛的，都是有钱人穿的，"香开绿蚁酒，暖拥褐绫裘"，只要做了新衣服，他就会激动地写信给朋友炫耀一番。

这么能花钱，那白居易当年挣多少钱呢？

他记着账呢，就在诗集中。

早年当户曹时，"俸钱四五万，月可奉晨昏。"月光族而已，攒不下钱。后来官至县尉，"吏禄三百石，岁晏有余粮。"工资能买粮食三百石，都吃不完。再后来，白居易升任左拾遗，工资一下子翻了几番："月惭谏纸二千张，岁愧俸钱三十万。"

五十多岁时，白居易在杭州做刺史，此时的薪水让他的生活颇为安逸舒适："刺史二千石，亦不为贫贱。"二千石粮食，当然不贫贱了！到了晚年，白居易配紫金鱼袋，换穿紫色朝服——官越做越大，工资也水涨船高了，"俸钱七八万，给受无虚月"。

晒工资上瘾了，他在临终之前还不忘最后晒一晒："寿及七十五，俸沾五十千。"

除了俸禄外，白居易还有其他收入。先看首诗吧：

人间四月芳菲尽，山寺桃花始盛开。
长恨春归无觅处，不知转入此中来。

这是白居易的名篇《大林寺桃花》，大林寺在庐山。白居易在九江做司马时，常去庐山逛。庐山上的和尚求白居易给一个圆寂的老和尚写一篇墓志铭，白居易于是挣了好大一笔润笔，后来就用这笔稿酬在庐山风景区盖了一套别墅：庐山草堂。

宰相裴度在洛阳盖了一座庙。庙盖好之后，缺篇碑文。裴度首先想到的是请文名大盛的白居易来写。裴度有个老部下，叫皇甫湜，文章也写得好，见此情形，马上主动请缨，由自己来写。

裴度答应了。写完后，一看还挺不错，就赏给了皇甫湜一千匹绸缎。谁知皇甫湜不干了：一个字三匹绸缎才行。这篇文章三千字，一共九千匹绸缎，断断不能少！

这可不是小数目，但是裴度的意见是：九千匹就九千匹吧——白居易比皇甫湜名气大，幸亏没有找白居易，不然就不是九千匹啦！

的确，唐代大文人的润笔费极高。反正白居易晚年没缺过钱，更有资格风花雪月了。他在家里养很多歌妓，他的诗《小庭亦有月》中说：

小庭亦有月，小院亦有花。
菱角执笙簧，谷儿抹琵琶。
红绡信手舞，紫绡随意歌。
左顾短红袖，右命小青娥……

白居易自己的注解说，菱、谷、红、紫，都是家妓的名字。

白居易最宠爱的歌妓，一个叫樊素，一个叫小蛮。樊素善歌，嘴小巧鲜艳，如同樱桃；小蛮善舞，腰柔弱纤细如同杨柳。白居易诗中写道：“樱桃樊素口，杨柳小蛮腰。”现在我们用来形容女性的樱桃嘴、小蛮腰，便源于白居易这两句诗。广州塔的别称叫小蛮腰，出处也在这里。

白居易有个好友叫张愔，此人有一美妾叫关盼盼。盼盼是白居易的粉丝，白居易在张愔府上喝酒时，盼盼表演的就是吟唱白居易的代表作《长恨歌》。白居易的虚荣心得到了极大的满足，因此对盼盼印象极好，极深。

张愔病逝，盼盼矢志守节，十年不下燕子楼。白居易为她写诗道：

黄金不惜买娥眉，拣得如花四五枚。
歌舞教成心力尽，一朝身去不相随。

诗中暗指盼盼只能守节不能殉节。此诗传到盼盼处，性情贞烈的盼盼在十天后绝食身亡。真是诗魔啊，这是以诗杀人！

白居易为此深深内疚。此时他也六十六岁了，自知来日不多，便遣散能歌善舞的侍姬樊素与小蛮等，以免自己百年之后，妙龄佳人重演悲剧。

红粉散尽，白须翩然的晚年，白居易会不会想起一个叫湘灵的女子呢？

湘灵是白居易青梅竹马的玩伴。白居易在《邻女》诗中说湘灵是自己的女神："娉婷十五胜天仙，白日姮娥旱地莲。"还有《寄湘灵》《长相思》等情诗，都写得深情款款。

白居易岁考中进士后，回家向母亲要求娶湘灵为妻，却未被允许——理由是，门不当，户不对。到长安做官后，他再次苦求母亲，被门户大于一切的母亲再次拒绝，且不让他们见面。他偷偷地见了湘灵后洒泪而别，并作《潜别离》：

不得哭，潜别离。不得语，暗相思……

惟有潜离与暗别，彼此甘心无后期。

这是一种憋着忍着的无声痛哭，这是一场撕心裂肺的别离。白居易后来就一直在长安踏踏实实地做大龄男青年，一直到三十七岁，才与同僚的堂妹杨氏结了婚。

“我有所念人，隔在远远乡。我有所感事，结在深深肠……”婚后，他还是忘不了、放不下湘灵。

不过，虽然忘不了初恋，但他对夫人杨氏还是不错的，新婚的时候还为她写过诗：“我亦贞苦士，与君新结婚。庶保贫与素，偕老同欣欣。”

终有一次，白居易在被贬江州途中，和杨夫人一起遇见了漂泊的湘灵父女。白居易与湘灵抱头痛哭一场：

我梳白发添新恨，君扫青娥减旧容。

应被傍人怪惆怅，少年离别老相逢！

的确是“少年离别老相逢”，白居易此时已经四十四岁，湘灵当时也已四十岁了，依然遵诺守身未嫁。他们此后再也没有相见之期。

白居易珍藏着湘灵和他私订终身时给他做的一双鞋子，他时常拿出鞋子叹息：“人只履犹双，何曾得相似。”

阴差阳错，造化弄人，这真是“在天愿作比翼鸟，在地愿为连理枝。天长地久有时尽，此恨绵绵无绝期”！白居易写《长恨歌》的时候三十四岁，正是炙热思念湘灵的时候。他的这段悲剧爱情岂能不被融入《长恨歌》的创作中去？

白居易写《琵琶行》的时候四十四岁，正是最后一次见湘灵那年。我们是不是会觉得，《琵琶行》中的琵琶女有湘灵的影子？“同是天涯沦落人，相逢何必曾相识！”——何止曾相识，日日苦相思啊！

四十岁以后的白居易一直被眼疾困扰，“千药万方治不得”。他作诗描述了症状：

散乱空中千片雪，蒙眬物上一重纱。
纵逢晴景如看雾，不是春天亦见花。

这是典型的白内障症状。

至于患白内障的原因，白居易自称一是“看书苦”，一是“出泪多”，因此伤了眼睛——“出泪多”，那眼泪都是为自家骨肉流的。

白居易结婚晚，三十八岁才得爱女金銮，可惜金銮三岁时夭折了，白居易为之长哭。五十八岁时喜添娇儿阿崔，造化弄人，阿崔又是三岁夭亡。老年丧子，哭之尤甚，“悲肠自断非因剑，啼眼加昏不是尘”。

哭归哭，但白居易字乐天，忘却忧愁对于他来说有很多方法，种一株花，看一片云，买一册书，玩一方石……还有就是，一杯酒，或者一杯茶。

举头中酒后，引手索茶时。

看风小溘三升酒，寒食深炉一碗茶。

桃根知酒渴，晚送一瓯茶。

白居易又号醉吟先生。他喜欢醉酒的感觉，还自己酿酒，有自主品牌，有私人酒窖。在他的诗集中，饮酒诗八百篇，不输李白。《问刘十九》应该是他的饮酒诗里最著名，也最温暖人心的一首了：

绿蚁新醅酒，红泥小火炉。
晚来天欲雪，能饮一杯无？

这是劝酒诗，全用家常话，有温厚柔和的情致，沁人心脾。

白居易生活很规律，每天中午午睡起来，先喝两杯茶。《闲眠》一诗中说：

暖床斜卧日曛腰，一觉闲眠百病销。
尽日一餐茶两碗，更无所要到明朝。

《食后》一诗也说：

食罢一觉睡，起来两瓯茶。
举头看日影，已复西南斜。

白居易和宋代的苏东坡都是爱茶懂茶之人，两人都曾被贬谪至杭州，都在西湖上修堤。而且二人都将诗、禅、酒、茶作为自己的至好。

对了，苏东坡的“东坡”也是借白居易的。他太仰慕白居易了，所以就改名东坡居士。“东坡”二字取意于白居易的诗。白居易曾在忠州的东坡种花种树，写了许多关于东坡的诗。例如《东坡种花》中说：

挣钱买花树，城东坡上栽。
东坡春向暮，树木今何如？

《步东坡》诗云：

朝上东坡步，夕上东坡步。
东坡何所爱，爱此新成树。

在苏东坡的诗中也可以看到他对乐天的崇拜。什么“我似乐天君记取，华颠赏遍洛阳春”，什么“定似香山老居士，世缘终浅道根深”……两个人几乎是异代的知己了。

白居易喜欢喝茶，有一个好朋友经常给他邮寄茶叶，白居易在诗里写道：

年年衰老交游少，处处萧条书信稀。
唯有巢兄不相忘，春茶未断寄秋衣。

白居易喜欢喝茶，可是不喜欢洗头洗澡，这些事他很喜欢在诗里写下来。在《因沐感发》这首诗里，他明确说了，年纪越大越懒，头发几年才洗一次，因为怕洗多了会秃顶。在《沐浴》一诗里又说自己“经年不沐浴，尘垢满肌肤”，好像还蛮自豪的，觉得这是魏晋风度。在《早梳头》这首诗里，白居易借口说因为天冷，自己洗完头不梳就直接睡觉了。然后好不容易洗了一次澡，他就埋怨自己像一下子消瘦衰老了很多。

这么可爱的人，朋友当然很多，最好的便是元稹。

白居易和元稹是当时齐名的大诗人，他们共同发起新乐府运动，结下了深厚的感情。

元稹此人，单看他的诗，我们都会觉得此人“翩翩佳公子，遗世而独立”。其实写下“曾经沧海难为水，除却巫山不是云”的元稹，用情不专，始乱终弃，谄媚逢迎，投靠宦官……在当时可谓声名狼藉。而白居易做人做官还是很有操守的。在朝中为官时耿直敢言，被贬去做地方官时，狠抓基础设施及建设，官声很好。但这并不妨碍白居易和元稹的友谊。

白居易在长安时就和元稹租住在一起；后来白居易被贬到江州，元稹被贬到通州，一北一南，两个人短短数年间竟互赠了近两百首诗。

元稹字微之，白居易的《梦微之》是这样写的：

晨起临风一惆怅，通川湓水断相闻。
不知忆我因何事，昨夜三更梦见君。

元稹收到这首诗后，立即写了一首诗回赠：

山水万重书断绝，念君怜我梦相闻。
我今因病魂颠倒，唯梦闲人不梦君。

元稹听说白居易被贬到九江，极度震惊，不顾自己病重在床，提笔给白居易写信，并赋诗一首，即著名的《闻乐天授江州司马》：

残灯无焰影幢幢，此夕闻君谪九江。
垂死病中惊坐起，暗风吹雨入寒窗。

远在成都郊外的一片翠竹林里隐居着女诗人薛涛，在和元稹轰轰烈烈的恋情谢幕之后，这位女诗人闭门谢客，远离诗酒花韵之事。但白居易却偷偷给薛涛寄去了一首诗，表现出某种暧昧之情。

因为此事，白居易有点心虚，编《白氏长庆集》时没有收录这首诗，因为《白氏长庆集》要请元稹作序，怕元稹看见。

元稹在诗集序言里讲了一件事，说新罗国商人到唐朝来经商时到处寻求白居易的诗。原来新罗国宰相对白居易的诗情有独钟，如果你拿一首假的去骗他，他还会辨其真伪，如果是白居易的真迹的话，他情愿出一百两银子去换。白居易的诗歌就是如此受欢迎！将此事计入序言，也是对白居易最大的赞美了。

而元稹去世后，其家人请白居易撰写墓志铭。白居易洒泪写完，元稹家人赠白居易奴仆、车马、绫罗以及银制马鞍、玉带等物谢之。但以两个人之间的情谊，白居易当然坚决拒绝。怎奈元稹家人几次三番给他送去。不得已，白居易只好接受下来，再捐到庙里。

元稹死后，白居易又有了一位新的诗友，有“诗豪”之称的刘禹锡。

白居易很欣赏刘禹锡，他读到刘禹锡的《石头城》中“潮打空城寂寞回”一句时，叹道:“以后再没人能写出这样的好诗了！”佩服之情，溢于言表。

谁说文人相轻了？相轻相贱的都是些村究穷儒。白居易这样的大诗人是有大眼光和大胸怀的。

面对知音，刘禹锡的创作潜能也得到了激发。“莫道桑榆晚，为霞尚满天”“行到中庭数花朵，蜻蜓飞上玉搔头”这样的千古佳句也是在和白居易的唱和中创作出来的。

在金庸小说《笑傲江湖》里，少林寺三战中，日月神教教主任我行品评天下英雄，说自己生平所佩服的武林豪杰只有三个半，一是篡位夺权的东方不败，一是少林寺方丈方正，一是华山剑宗前辈风清扬，半个则是武当掌门冲虚。

而白居易一生推崇的同时代诗人似乎也有三个，除了与自己交好的元稹和刘禹锡，还有一个李商隐。《唐才子传》记载，白居易晚年读到李商隐的诗文，大爱之，他常唠叨：“我死之后，来世能做李商隐的儿子就知足了！”

给白居易也上凑半个佩服的人吧——这半个人应该是韩愈。

白居易想和韩愈交朋友的，给韩愈写过五六首诗，而韩愈却只回了一首。遭到冷遇后，白居易给韩愈写了首诗：

近来韩阁老，疏我我心知。
户大嫌甜酒，才高笑小诗。

就是说：近来韩大先生想疏远我，我不傻，瞧出来了。你是大户人家，不喝我们的杂牌子的酒。你有才嘛，自然看不上我作的小诗！

后来韩愈过世，白居易在《思旧》一诗里说：

退之服硫磺，一病讫不痊。
微之炼秋石，未老身溘然。

硫磺我们都熟，就是做火药的材料。秋石是从童男童女尿液中萃取提炼的春药。退之就是韩愈，微之就是元稹。他们两人都炼丹药求长生，结果反倒早早过世。白居易又说：“唯予不服食，老命反迟延。”我什么都不吃，身子骨却是倍儿棒。是啊，白居易吃酒吃茶，就是不吃丹药，活了七十五岁。人生七十古来稀，在古人中，这是绝对的高寿。

高寿的白居易死后，葬于洛阳的香山。大家逛洛阳龙门石窟的时候可以穿过一座桥，到对面香山的白居易墓去看看。

白居易去世后，有“小太宗”之称的唐宣宗李忱写诗悼念白居易：

缀玉联珠六十年，谁教冥路作诗仙？
浮云不系名居易，造化无为字乐天。
童子解吟长恨曲，胡儿能唱琵琶篇。
文章已满行人耳，一度思卿一怆然。

唐宣宗的这首诗是对白居易一生最好的总结。是官方的，也是真挚的。

七

章台垂柳，城南桃花
一捧红豆落谁家

——谁说翻遍唐诗都找不到一点儿真爱？

我还记得，在小学五年级的时候第一次写诗，那是一首肉麻的情诗，写给暗恋的一个隔壁班女生，她剪着童花头，穿豆绿色夹克，是个巧笑倩兮的甜妹子。不要笑，谁写诗不是为了爱情呢?

打开《诗经》，开篇第一首就是：

关关雎鸠，在河之洲。
窈窕淑女，君子好逑。

翻开唐诗，更不用说了，满纸满篇的儿女情长，浓得化不开。白居易的《长恨歌》：

在天愿作比翼鸟，在地愿为连理枝。
天长地久有时尽，此恨绵绵无绝期。

《宛转歌》的作者已经不知道是谁了：

日已暮，长檐鸟声度。
此时望君君不来，
此时思君君不顾。

崔颢的《长干行》：

君家何处住，妾住在横塘。
停船暂借问，或恐是同乡。

李白也写过《长干行》：

妾发初覆额，折花门前剧。
郎骑竹马来，绕床弄青梅。
同居长干里，两小无嫌猜。

李益的《写情》：

从此无心爱良夜，任他明月下西楼。

步非烟写诗送情郎：

相思只怕不相识，相见还愁却别君。

愿得化为松上鹤，一双飞去入行云。

写“慈母手中线，游子身上衣……”的大孝子孟郊除了歌颂母爱，还歌颂男女之爱：

心心复心心，结爱务在深。

这些爱情诗句像含着昆虫的琥珀，让我们穿越千年，真实而清晰地窥视到了那个时候的人们情感波澜里的水纹浪花。在这些诗句的背后，往往都有一个令人感动的故事。

《太平广记》记载：某年某月的某一天，有个叫崔护的唐朝青年到长安参加科举考试，落榜了，心情抑郁。他一个人来到长安城南的远郊去放飞凌乱的心情。

那是草长莺飞的春天。他路过一户人家，见一个妙龄女子驻足在一户人家外的桃花树下。那女子与桃花一样美，美得没道理，美得不像话。

崔护心旌招摇，魂飞魄散，只盯着她看。那女子一张桃花脸羞红欲滴，却并不抽身而去。就这么四目相对，良久，女子转身入户，只留下崔护呆呆地站在那里。

第二年的春天，崔护心有牵挂，去旧地重游。只见桃花依旧，但屋门紧闭，寂无人声。一打听，那个桃花树下的长安妹子已经嫁人了。

崔护心里苦，唯有写诗遣怀。过去的读书人出门时都带有便携的笔和墨盒，很小巧，就插在靴子或者马鞍旁的袋子里。一腔愁绪的崔护摸出笔来，在那户人家的大门上题了一首诗，就是这首《题都城南庄》：

去年今日此门中，人面桃花相映红。
人面不知何处去，桃花依旧笑春风。

好一个"人面桃花"。男女邂逅，一见钟情，随即分离，永失我爱……这样的场景在我们身边频繁上演。当我们感叹世事无常，佳人易失的时候，脑海里定然会浮现出这首"人面桃花"来。

所谓一诗定诗名，崔护以这首"人面桃花"扬名立万。因为这首诗，我们觉得他浪漫，觉得他细腻，觉得他有风度——君子有情，止乎于礼。

但其实，此人并没有那么美好。他科举未中，不在自身找原因，反而恼恨起考官来。考官叫苗登，是崔护的堂舅。

《刘宾客嘉话录》记载，崔护为了泄愤，私下到处跟别人说他这个堂舅背上长了一张刀枪不入的猪皮，因为有这个猪皮护体，他堂舅才没被人捅死。

别人自然不信。崔护便说：真的，他还长了猪尾巴呢！平常是看不到的，你把他扔到猪圈里，他求你的时候就会摇尾巴了。

在唐朝，还有一位姓崔的诗人，也是因为一首情诗，让后世永远记住了他。此人叫崔郊。

崔郊常去姑母府上拜见，姑母身边有个使唤丫头，崔郊与其互生爱慕。然而，这刚刚萌生的感情很快便被扼杀了——这个丫头被卖给一高官做妾。崔郊日思夜想，失魂落魄。

有一年，过寒食节，这嫁进豪门的丫头偶尔外出，和崔郊不期而遇。有情人相见，自然百感交集。那丫头被一群下人簇拥着，崔郊也没法近前去说几句体己话。

近在咫尺却不能亲近，崔郊心下万分痛苦，却说不出口，他只能作诗：

公子王孙逐后尘，绿珠垂泪滴罗巾。

侯门一入深似海，从此萧郎是路人。

所谓“萧郎”有两种说法，其一是，“萧郎”指“弄玉吹箫”故事里的男主角萧史。其二是，“萧郎”指风流多才的梁武帝萧衍。古人作诗常用“萧郎”借指情郎或佳偶。

因为有凄美的爱情故事做背景，这首诗私下流传，当时街头巷尾人人都在念叨“侯门一入深似海，从此萧郎是路人”。娶了那丫头的高官也读到了此诗。一读之后，心下感动，便成全了崔郊与那个丫头。此事一时传为美谈——这就是诗歌的力量。

《全唐诗》中只收录了崔郊的这一首诗，但这一首足以让崔郊的名字回响一千多年。这首诗还贡献了一个成语："侯门似海"。《红楼梦》里的刘姥姥进荣国府之前心里犯怵，就说：侯门似海，我是个什么东西。他家人又不认得我，去了也是白跑。

类似的例子在唐代还有。那个写下《悯农》诗的李绅大家都熟吧，其实他并不是农民代言人，而是一个大官僚，家里养了很多歌妓。

有一次，李绅请老朋友张又新在家喝酒。张又新意外发现，演唱的歌妓中有一个他失散多年的情人。两人四目相对，暗自传情。趁李绅暂时离席，张又新用手指蘸着酒，在桌案上写了一首诗。

云雨分飞二十年，当时求梦不曾眠。
今来头白重相见，还上襄王玳瑁筵。

等李绅回来，那歌妓便婷婷袅袅地将此诗唱出来。李绅问明情由，便让张又新将歌妓带走了。

还有，天宝年间，有个名叫韩翃的诗人，他擅长写送别诗，但他最著名的诗却是一首情诗。

韩翃年轻时也长期滞留在长安，凭着诗才，经常参加一些上流社会的宴会。一日，韩翃赴宴，席间有歌妓助兴，其中有个姓柳的，最为美貌。才子遇佳人，难免彼此眉目留情。这光景尽落宴会主人眼底。于是，主人成人之美，索性将柳姑娘赠与韩翃，还掏了一大笔钱助其成婚。

第二年，韩翃回老家探亲，柳氏留在长安。谁料安史之乱突然爆发，长安沦陷，柳氏为避兵祸，削发为尼，寄居寺庙，从此两人天各一方。

等到安史之乱平定，身在山东淄州的韩翃托人到长安寻访到柳氏，送去一袋子碎金和一首诗：

章台柳，章台柳。昔日青青今在否？
纵使长条似旧垂，也应攀折他人手。

诗中满是疑虑，不知柳氏是否另适他人。望穿秋水的柳氏收到这封信后欢天喜地，欣然蓄起了头发，就等着和韩翃破镜重圆，重拾恩爱。不想，便在此时，驻守在长安的一个叫沙咤利的番将遇见貌美的柳氏，遂将其强抢而去。

韩翃回到长安，收到的只是柳氏想方设法托人带给他的一首诗：

杨柳枝，芳菲节。所恨年年赠离别。

一叶随风忽报秋，纵使君来岂堪折！

“我已失身他人，纵使你来也不堪折了。”

这两首诗流传颇广，从民间传到宫里。肃宗皇帝读后，令沙吒利将军将柳氏送还韩翃。

这个故事还有后续剧情——韩翃后来被罢官，在家闲居多年，很不得意。还好，身边有个柳氏知冷知热，对他不离不弃。

德宗继位后，欲招韩翃入宫起草诏书。当时还有一个与韩翃同名同姓的人，任江淮刺史。吏部的人心下疑惑，到底是哪个韩翃，赋闲在家的韩翃还是刺史韩翃？

德宗皇帝不说话，只在纸上写了一首诗：

春城无处不飞花，寒食东风御柳斜。

日暮汉宫传蜡烛，轻烟散入五侯家。

一看诗，大家都明白了——这首诗是赋闲的韩翃写的！韩翃因为诗名而出人头地，他与柳氏终于可以在一起幸福地生活了。

韩翃为“大历十才子”之一。“大历十才子”中，除了韩翃，著名的还有李益。李益之得享大名不仅仅是由于他的文学造诣，更因其情感传奇。

李益年轻时相识了一个叫霍小玉的名妓，两人非常相爱。但李益是官宦子弟，正准备参加科举考试，前途一片光明。两人之身份如云泥高下有别，这一点，霍小玉心中清楚。她知道李益将来不会娶她，于是她和李益约定："妾始年十八，君才二十二，迨君壮室之秋，犹有八岁，一生欢爱，愿毕此期。"

"不在乎天长地久，只在乎曾经拥有"。霍小玉便是这么想的。

霍小玉的想法很简单：轰轰烈烈爱八年，等自己色衰以后，任由李益选取名门闺秀为妻，自己则出家为尼，从此各不相欠，互不纠缠。

但是，谁料才不过一年半载，李益一中举，被授陕西华县主簿（县长秘书）之职，就弃霍小玉于不顾。他与名门女子成婚，并躲避霍小玉，不肯与其相见。

始乱终弃！说好的"八年"呢？未到七年之痒，何违八年之约！霍小玉的心里，有怨有恨有相思，很快就忧郁而死。

李益这等负心行径受到当时舆论的普遍谴责。你也骂，他也骂，给李益内心留下了阴影，心理扭曲。《霍小玉传》《旧唐书》等记载，李益对自己的妻子非常不放心，出门要把妻子绑起来，甚至脱光了用浴盆盖起来——的确该看心理医生了。

李益的代表作是《江南曲》：

嫁得瞿塘贾，朝朝误妾期。

早知潮有信，嫁与弄潮儿。

这是一首闺怨诗，妻子对外出经商的丈夫既思念又抱怨，联想到潮水涨落都有一定的时间，而丈夫却迟迟不归，留自己一个人孤独寂寞冷，后悔当初还不如嫁一个船夫。

在这首诗中，李益以妇女之友的面目出现，替深闺中的女性发声，挺有讽刺意味的。

诗人薄情，有时也会被人弃之不顾，比如罗隐。

《南部新书》中记载，宰相郑畋有一个女儿，很漂亮，是大诗人罗隐的铁杆粉丝。铁杆到什么程度了？虽然登门求亲者络绎不绝，但郑小姐一概不见，非罗隐不嫁。

罗隐是唐朝最后一位诗坛大家，唐诗风云榜上压轴的。他写蜜蜂的诗妇孺皆知：

不论平地与山尖，无限风光尽被占。

采得百花成蜜后，为谁辛苦为谁甜。

今人常挂在嘴边的“今朝有酒今朝醉”也出自他的诗。

罗隐当时虽然名气很大，但遭际很惨：十次参加科考，十次铩羽而归。为什么？就是因为他一肚子的不合时宜。他是诗人，但是个讽刺诗人。

比如说，下雪了，别人都写诸如“大雪纷纷落地，真是皇家瑞气”这样祥和喜庆的作品，但是他的笔下却是：

尽道丰年瑞，丰年事若何？
长安有贫者，为瑞不宜多。

这种良心诗人，自然不被朝廷待见。最要命的是，他还很丑。

宰相人家要体面，怎么可能让他做东床佳婿？

宰相郑畋想让女儿明白“爱情很丰满，现实很骨感”的道理，于是请罗隐来家中小坐，并安排女儿躲在屏风后偷看。

果然不出郑畋所料，郑小姐一视之下，大失所望——罗隐的长相与自己心目中因诗歌造成的幻相差距太大太大了。从此以后，郑小姐慧剑斩情丝，终生不再看罗隐的诗，谁在她面前提罗隐的名字都不行。

灰心丧气的罗隐离开长安，开始漫游天下，路过钟陵时和一代名妓云英相遇了。两人以前就熟悉，人生都不顺利，“同是天涯沦落人”：

罗隐“十不上第”，云英，一代名妓，色艺双绝，却难披嫁衣，难得归宿。罗隐写诗感叹道：“我未成名卿未嫁，可能俱是不如人。”

罗隐的故事告诉我们，和粉丝谈恋爱不靠谱。这个道理，李商隐年轻的时候就明白。

李商隐写过一组诗，名曰《柳枝五首》。这组诗前有个小序：有个女子名叫柳枝，是李商隐的粉丝。她一次无意中听到有少年吹着口哨，唱着李商隐的《燕台诗》从她的窗前走过，从此便开始思慕李商隐。

李商隐的《燕台诗》是情诗，共四首，按照一年四季春夏秋冬来描写对心上人的相思之情。“衣带无情有宽窄，春烟自碧秋霜白。”这组诗奇幻朦胧、秾艳缠绵。柳枝读后更加爱慕李商隐。她告诉李商隐，说自己三天后要去河边洗涤衣物，约李商隐前去相见。

李商隐思量再三，决定不去赴约，而是进京赶考去了。等他落第归来，柳枝已经出嫁。于是他写下《柳枝五首》怀念斯人。

清朝编纂成册的《唐诗三百首》是经典唐诗选本。其中入选诗歌最多的是杜甫、王维、李白和李商隐。与前三者相比，李商隐最擅长的是情诗，放眼唐代诗坛，他堪称情歌巨匠。

李商隐的诗构思新奇，风格秾丽，有独特的“李商隐味道”，尤其是爱情诗，写得缠绵悱恻，忠贞隽永，滋味极好。随手抄录几句如下：“相见时难别亦难，东风无力百花残”，“身无彩凤双飞翼，心有灵犀一点通”，“春心莫共花争发，一寸相思一寸灰”，“此情可待成追忆，只是当时已惘然”，“直道相思了无益，未妨惆怅是清狂”。

有情人道有情语，因为这些诗句，历代多少少女为之如痴如醉。不过，有一个女子却偏要说她最不爱李商隐了，那就是《红楼梦》里的林黛玉。不单林黛玉，薛宝钗也不喜欢李商隐。李商隐一生活得不舒展，他的诗大多隐僻甚至晦涩。“隐僻”二字是薛宝钗对李商隐诗的评价。

李商隐创作了大量以《无题》为题的情诗。他的喜怒和真爱都被隐藏起来，呈现出一种扑朔迷离而又精致婉转的美。

人们在欣赏这种美时，会忍不住像阅读侦探小说一样透过李商隐的情诗揣摩李商隐的情史——人人都有一颗八卦的心啊。

研究李商隐爱情生活最著名的学者苏雪林就是其中的代表，按照她的考证，李商隐的初恋是个女道士，她甚至说李商隐曾与宫女偷情。

其实，李商隐对待情感极其专注、深沉，他的情诗都是写给妻子王晏媄的。娶王晏媄的时候，李商隐很清楚，这个选择意味着什么。因为李商隐的恩师令狐楚和岳父王茂元分属两个敌对政党牛党与李党。李商隐娶王晏媄，被牛党视为忘恩负义，从此陷入党争旋涡，一生困顿不得志，九品的小官都当不稳，只能撇下妻子，辗转于桂林、徐州、汴州、梓州等地做师爷，靠摇笔杆子混生活。

有一首《夜雨寄北》，想必大家都不陌生：

君问归期未有期，巴山夜雨涨秋池。
何当共剪西窗烛，却话巴山夜雨时。

这是李商隐流离于四川时以诗歌给妻子的回信，形式回环婉转，情感缠绵悱恻，在李商隐一众华丽的诗歌中显得分外质朴自然。“寄托深而措辞婉”，堪称唐诗中最令人感动的一首情诗。

李商隐三十八岁那年，突然接到妻子病重的消息，等他赶回家中，妻子已经去世，只有两个孩子痴坐在门槛上。李商隐的心都碎了。

妻子已经去世，案头还放着她生前最爱的一张锦瑟。李商隐写诗感叹“归来已不见，锦瑟长于人”。妻子走了，锦瑟仍在；锦瑟的“寿命”比人长久啊。后来，他还专门写了一首《锦瑟》，怀念亡妻：

锦瑟无端五十弦，一弦一柱思华年。
庄生晓梦迷蝴蝶，望帝春心托杜鹃。
沧海月明珠有泪，蓝田日暖玉生烟。
此情可待成追忆，只是当时已惘然。

梁启超说此诗极美，但读不懂，历来很多解诗者都持此论。从思念亡妻的角度想一想，诗意就明了了。“蓝田日暖玉生烟”——

他的妻子死后就埋在长安城外的蓝田玉山上。

说起唐诗中写给妻子的悼亡诗，不能少了元稹的《离思》：

曾经沧海难为水，除却巫山不是云。

取次花丛懒回顾，半缘修道半缘君。

这首流传很广的爱情诗，后人争议很多，主要是元稹的表现让人非议。妻子离世不久，元稹就在四川与名妓薛涛厮混到了一起。一年多以后，他又与吴越名妓刘采春相好，何谈“取次花丛懒回顾”？

而李商隐亡妻后一直没有续弦，并拒绝了旁人的提亲。直到去世，他都没有再续娶。

八

鬼哭神嚎，天荒地老

长爪少年归去早

——李贺终究没能熬过二十七岁这个坎儿

811年，大唐首都长安的崇义里小区住进了一个新房客，是个相貌古怪的小伙子。小伙子大鼻头不说，两道眉毛长得几乎要挨在一起了。又高又瘦，手指长如鸡爪，大家都叫他外号“长爪郎”或者“长爪生”。

长爪的小伙子是个小小的官员，平时规规矩矩去上班，周末闲暇的时候，就约上一群小伙伴去郊外游玩，灞桥边上看看柳，乐游原上吹吹风。和他一起玩的什么王参元、杨敬之、权璩、崔植，都是一群文学小青年。

出游的时候，别人骑马他骑驴，还背了个包，里面装的不是单反相机也不是矿泉水，全是诗。确切地说，全是写着一句一句零散诗句的小纸片。

别人都在好好玩耍，长爪的小伙子也不闲着，过一会儿搞出一句“嗷嗷鬼母秋郊哭”塞进包里了，过一会儿搞出一句“鬼灯如漆点松花”，又塞包里了。

小伙伴们都很顽皮，笑他的诗阴风阵阵、鬼气森森。长爪的小伙子甩甩头发，很骄傲地说：这就是我独特的风格。他拍一拍鼓囊囊的包包感慨道：啊呀呀，我这个“寻章摘句老雕虫”——白天骑驴找灵感，夜里组装再生产，忘我创作一整天，废寝忘食省饭钱。难怪我妈老说我这不是在写诗，是在拼命，是要呕血啊！

他母亲的原话是："是儿要当呕出心乃已耳！"

没错，长爪的小伙子就是江湖人称"诗鬼"的大诗人李贺。他是唐诗天空中的一颗耀眼的明星，可惜是孤星，是流星。

唐代的张读在《宣室志》中介绍李贺说："李贺，字长吉，唐郑王之孙。"李贺是河南人，出生在东都洛阳附近的昌谷，也就是如今的宜阳县。他的确是皇室后裔，远祖是唐高祖李渊的叔父，属于唐宗室的远支。而实际情况呢？到李贺父辈时，早已世远名微，家道中落了。

但是李贺很看重自己的皇家血统，写文作诗的时候总说"唐诸王孙李长吉""宗孙不调为谁怜""为谒皇孙请曹植"之类标榜身份的话。李贺的父亲叫李晋肃。请牢记这个名字，因为这个名字影响了李贺的一生运程。

李晋肃是大唐的基层官员，经常因为工作调动而东奔西走。一次在四川遇到远房亲戚杜甫，杜老夫子赠了李晋肃一首诗。李晋肃回家探亲，闲聊时常念起杜甫的那首诗："凭将百钱卜，飘泊问君平。"或许就是这首诗在年幼的李贺心里埋下了要做诗人的种子。

李贺是个孤僻而骄傲的孩子，不喜欢和同龄的孩子玩耍，倒是经常一个人跑到坟地里，去认墓碑上的字，仿佛那是他的启蒙读物。这一认倒认出了一个神童，同时又让他后来的诗作沾染了鬼魅气质。

李晋肃工作频繁调动，后来又调到河南陕县为官——陕西的名称就是因为陕县而来，陕县以西，即是陕西。

李晋肃一走，李贺无人管责，每日滞留于当地的驿馆。驿站是个好地方，常有从长安和洛阳来的官员在此落脚，带来京城的消息。李贺混迹于此，驿站于是成了他扬名的舞台。两京往来的官员说起昌谷，都知道当地有个相貌古怪的早慧儿童叫李贺。

《唐才子传》记载，文坛大腕韩愈和皇甫湜闻之特意去访探神童李贺，李贺当时才七岁。见面后，二人出题要其作诗，要考上一考。李贺不假思索，提笔写了一首《高轩过》：

华裾织翠青如葱，金环压辔摇玲珑。
马蹄隐耳声隆隆，入门下马气如虹。
云是东京才子，文章巨公。
二十八宿罗心胸，元精耿耿贯当中。
殿前作赋声摩空，笔补造化天无功。
庞眉书客感秋蓬，谁知死草生华风？
我今垂翅附冥鸿，他日不羞蛇作龙！

这是一首应酬诗，前面把两位大文豪一顿猛夸。夸他们服饰华贵车马精致，气度与文章皆好。最后几句说：我这个漂泊不定的粗眉毛的后学呀，真没想到枯草能遇到春风。只要我一心向学，他日必能化蛇为龙！

韩愈和皇甫湜看了这诗又惊又喜，极力夸赞李贺，从此，李贺诗名传天下。但是，《唐才子传》所记有误。很显然，《高轩过》不是一个七岁孩子的口吻。据考证，此诗应是李贺二十岁时所作。

十八岁那年，雄心勃勃的李贺将目光投向了两座伟大的城市：西京长安与东都洛阳。这是两座群星璀璨的文化之都。

他先去了洛阳。李贺属马，也爱马，他觉得自己就是“向前敲瘦骨，犹自带铜声”的千里神驹。他看过韩愈的《马说》，相信韩愈就是识得千里马的伯乐，而当时韩愈就在洛阳。见韩愈的时候他送上了一首《雁门太守行》。

黑云压城城欲摧，甲光向日金鳞开。
角声满天秋色里，塞上燕脂凝夜紫。
半卷红旗临易水，霜重鼓寒声不起。
报君黄金台上意，提携玉龙为君死。

韩愈看了，不禁拍案称奇：诗中所描写的战争场面恢弘大气，极有画面感，结尾并有忠君之意，不离儒家之道。韩愈的赞赏便是文坛通行证，李贺立刻声名大振。

《儒林外史》里的范进有一句名言“自古无考场外的举人”。韩愈得知李贺还未中举后，鼓励他尽快参加科考。李贺参加了河南的地方考试，以第一名的好成绩获得了参加长安全国科举考试的资格。

正当李贺要继续发力的时候，出了一个在今人看来很荒谬的事情：李贺的父亲叫李晋肃，“晋”和“进”同音，为了避讳，李贺不得举进士。

唐朝对于避讳有异常严格的法律规定。比如说，因为唐太宗名为李世民，大慈大悲观世音菩萨都不能叫观世音了，只能叫观音。菩萨尚且如此，况且凡人。白居易的祖父名字里有“宏”字的音，所以白居易无法参加“博学宏辞科”的考试。

“李贺，你不能考。你要来考，就是不孝！”——这是谁的声音呢？据说，这是元稹的话。元稹和李贺之间到底有什么过节呢？

《唐语林》中说，元稹当年参加明经考试及第后去拜访名气已经很大的李贺。李贺一看元稹的名片，不但拒绝相见，还甩了一句：“明经及第，何事看李贺？”唐时明经及第与进士及第相比含金量不高，所以李贺瞧不上元稹的出身。元稹心下嫉恨。等李贺要参加进士考试了，元稹便拿避讳说事，要求取消李贺的考试资格。

身在洛阳的韩愈着急了，为此特意写了一篇掷地有声的《讳辩》以声援在长安的李贺：假如父亲名为仁，儿子就不能做人了吗？这篇文章雄辩滔滔，逻辑严密，后来还被收入《古文观止》，但并没有给李贺帮上什么忙。李贺最终还是没有迈进进士考试的考场，这个天才少年曾经的凌云壮志搁浅了。

不过，《唐语林》中的这个记载也有问题。因为元稹考中明经科时，李贺刚满四岁，两人之间根本没有可能闹这么一出。元稹因为人品低下，这样无根的谣言常常栽赃给他。

“雪下桂花稀，啼鸟被弹击”，李贺就像一只受伤的小鸟，不得不离开长安，返回昌谷老家疗伤去了。

811 年，李贺的仕途出现一线生机。长安城的大门给这瘦瘦的年轻人开了一条窄窄的缝儿。

原来，在韩愈的运作下，李贺以宗室身份担任了奉礼郎一职，负责宗庙祭扫时的赞礼。这是个卑微小官，是低到不能再低的从九品。但是，李贺还是满怀信心地来了。于是，如本文开头描写的那样，一个相貌古怪的小伙子住进了大唐首都长安的崇义里。平时规规矩矩去上班，周末闲暇的时候，就会约上一群小伙伴去郊外游玩，灞桥边上看看柳，乐游原上吹吹风……

但李贺并不因此而满足，他的理想是“男儿何不带吴钩，收取关山五十州。请君暂上凌烟阁，若个书生万户侯”，他追求的是大功名、大富贵，他不要做弼马温，他是要做齐天大圣的。

他很快就发现，奉礼郎这个官职干到死也只是一个奉礼郎。

这让他感到凄苦和无奈。更要命的是，他在这个职位上一点也不开心，因为长着奇异的鼻子和眉毛，他显然不是一个帅哥。而他的工作性质是具有礼仪性的，光鲜的制服穿在他身上，咋看咋别扭。领导不待见，同事也排挤他。好事轮不到，白眼没少得。职场如刑场，“憔悴如刍狗”。

相貌成了李贺的心病。他在诗中说自己“巨鼻宜山褐，宠眉入苦吟”，这不是夸张，是写实。唯一能让他愉快的就是写诗了：“长安有男儿，二十心已朽”“桐风惊心壮士苦，衰灯络纬啼寒素”“我当二十不得意，一心愁谢如枯兰”……失意愁苦之情溢于言表。

他不是孙悟空，没有大闹天宫的胆子和本事。他只会忧愁，只会抑郁。他慢慢中断和所有人的来往，过着“扫断马蹄痕，衙回自闭门”的宅男生活。

王参元、杨敬之、权璩、崔植那些文学小伙伴也一个个离他而去。他每天就是以诗抒愤，借诗消愁，一个人骑驴寻找诗歌灵感，晚上回来秉烛写作。说白了就是躲在诗歌的世界里麻醉自己。

这时，他笔下的诗愈加魔幻了：在诗中，人间他都待不住了，动不动就跑到月亮上，跑出外太空，跑出银河系。他笔下的红也都是“愁红”“幽红”“衰红”“老红”“冷红”，绿更是“寒绿”“静绿”“土中碧”。

在一个“秋风吹地百草干，华容碧影生晚寒”的冬季，在长安苦熬了三年的李贺终于一咬牙脱掉那身华丽的制服，辞官归家了。

长安三年是他短暂一生中创作力最旺盛的三年，他最好的一批诗也完成于此时。他在唐代文坛的杰出地位，是由这三年的作品奠定的，文学史也应该牢记李贺的“长安三年”。

长安三年，恍然一梦。辞别长安的李贺心中是悲苦落寞的。没有欢送会，没有临别酒，李贺觉得自己已然成了“天荒地老无人识”的孤魂野鬼。路过洛阳时，李贺见到从长安宫殿里拆卸运送到洛阳的铜人像。在夕阳的余晖下，铜人巨大的影子压在李贺狭小的影子上。

面对来自长安的仙人铜像，感怀同样作别长安的自己，李贺写下了著名的《金铜仙人辞汉歌》：

茂陵刘郎秋风客，夜闻马嘶晓无迹。
画栏桂树悬秋香，三十六宫土花碧。
魏官牵车指千里，东关酸风射眸子。
空将汉月出宫门，忆君清泪如铅水。
衰兰送客咸阳道，天若有情天亦老。
携盘独出月荒凉，渭城已远波声小。

好一个“天若有情天亦老”啊。李贺抹去泪水，心中默念“别

了，我的长安”。此后他真的就永别长安，再未归来。

家，永远是李贺疗伤的地方。在家暂作休整，李贺忍不住要再入江湖。“我有迷魂招不得，雄鸡一声天下白”。其实还是不甘心啊！

不甘心归不甘心，其实他此番出山已经抛开理想、抱负、前途、仕进之类虚无缥缈的念头，他只是为了出去混口饭吃而已。此后的日子里，李贺南下北漂，却找不到生活的方向。

有一日他游历到西湖边。在一处墓地前，李贺停住了脚步。童年时墓地的碑文就是他的启蒙教材，墓地对他来说是熟悉而亲切的。这时候，墓碑上“苏小小墓”几个字闪入他的眼帘。

苏小小是南齐时的钱塘名妓，相传她以百金助一个穷困潦倒的书生去应考，痴情地等待着书生归来迎娶。她在等待中作歌道：“妾乘油壁车，郎骑青骢马。何处结同心？西陵松柏下。”哪知书生一去不返，令她伤心而死。

这个故事令李贺心中一动，这是一个悲凄而苦闷的灵魂的震颤。李贺本就喜欢写鬼、写死、写黑夜、写寒冷。虽然与苏小小阴阳两隔，但是李贺与她同病相怜。李贺于是写下了《苏小小墓》：

幽兰露，如啼眼。
无物结同心，烟花不堪剪。
草如茵，松如盖。
风为裳，水为佩。
油壁车，夕相待。
冷翠烛，劳光彩。
西陵下，风吹雨。

说李贺这是在凭吊古人，不如说他在凭吊自己。苏小小的魂灵若真在，读过此诗，恐怕也会潸然泪下，然后和李贺同饮三杯，交定这个朋友。

折腾了一番之后，李贺居然从军了。他在韩愈侄女婿张彻的举荐下，跑到节度使郗士美的军中做起了幕僚。可惜还没来得及建功立业，这支队伍就被叛军打散了。李贺无路可走，只得又跑回家。

一回家，李贺就病倒了。因为病痛，他经常会想到死。在他的诗里，“几回天上葬神仙”，神仙会死；“彭祖巫咸几回死”，寿星会死；“酒客背寒南山死”，山也会死……他的诗中“死”字开始频繁出现。不祥之兆。

李贺从此就再也没有从病榻上起来。寂寞苦闷的李贺蘸着泪写下了《秋来》：

桐风惊心壮士苦，衰灯络纬啼寒素。
谁看青简一编书，不遣花虫粉空蠹？
思牵今夜肠应直，雨冷香魂吊书客。
秋坟鬼唱鲍家诗，恨血千年土中碧。

据说，他写完这首诗便呕血而亡，年仅二十七岁。他母亲当年“是儿要当呕出心乃已耳”的话一语成谶。于是，在唐诗的世界里，一道流星闪过。但我们总能看到一个驴背上瘦瘦的身影远远地踟蹰在远芳古道之间。

二十七岁，放到现在，一个读完研究生的年轻人才步入社会。二十七岁的李白，还在仗剑持酒游历江湖，沉醉于山水之乐。二十七岁的杜甫，尚且青涩，作品中那沉郁顿挫的杜氏风格还没有形成。二十七岁的李贺，却已“恨血千年土中碧”了。

天妒英才的还有唐代著名诗人王勃。他名列“初唐四杰”之首，写下《滕王阁序》千古流传，“海内存知己，天涯若比邻”是他的名句。王勃溺水身亡时也是二十七岁。

如果用现代医学来诊断一下李贺，也许能发现李贺早逝之谜。根据“细瘦、通眉、长指爪”的奇特相貌，可以推断李贺患有“马凡综合征”。此病因由法国教授马凡首先发现并描绘报告，故以其名命名。这是一种罕见的先天性结缔组织疾病。患这种病的人，往往极富艺术才能，但寿命不长。

与李贺同病的有丹麦作家安徒生、法国总统戴高乐、俄罗斯作家楚科夫斯基……哦，还有美国总统林肯，即使他不遭暗杀，也不得高寿啊。该病患者多身材瘦高，四肢细长，两条眉毛常连成一道，手指及脚趾细长，关节过度伸展。

不过，李贺即使未患马凡综合征也无法长寿，因为他诗中呈现的病态人格才是最致命的。李贺诗里用得最多的就是腥、泻、惨、死、老、冷、狐、仙、龙、蛇、鬼等字眼——这是内心变态和扭曲所呈现出的病象啊，尽管它有一种绮丽而神秘的美。

科举是当时读书人唯一的出路。此路不通对才华出众又极为自负的李贺来说是个致命打击。如果他不是一个早慧儿童，如果他没有皇族情结，如果他不是那么忧郁内向，如果他不是那么体弱多病，如果他不是那么容貌怪异，如果命运没有跟他开玩笑……唉，不如果了，这就是造化，就是命运。

一个诗人能生于唐朝，是他的大幸运。但是诗人也是凡人，他要受凡间的苦，而且往往比常人受的苦更多。

李白在政治上站错了队被关进大牢，差点掉了脑袋；杜甫在逃难路上缺衣少粮，差点饿死……这都不必细说了。要比惨，唐朝诗人里还真有和李贺差不多的，就是“初唐四杰”之一的卢照邻。

《长安古意》是卢照邻最有名的一首诗，该诗中的名句“得成比目何辞死，愿作鸳鸯不羡仙”为千古名句。这首诗里还有两句完全改变了他的人生，这两句就是“梁家画阁中天起，汉帝金茎云外直”。

诗中的梁家指汉朝权势滔天的权臣梁冀家。但是当时武则天的侄儿武三思却觉得这是在讽刺他——武三思被封梁王。卢照邻因此获罪入狱，从监狱出来，就好比从鬼门关走了一遭，从此身子就坏了，正值壮年却双脚萎缩，一只手也残废了。一代名医孙思邈悉心为他调治良久，也不见起色。卢照邻最后投水自杀。

卢照邻有一首恭贺新年的诗：

筮仕无中秩，归耕有外臣。
人歌小岁酒，花舞大唐春。
草色迷三径，风光动四邻。
愿得长如此，年年物候新。

“人歌小岁酒，花舞大唐春”，这本是一首元气十足、暖意十足的诗，但只要了解了卢照邻的身世，读来不免令人热泪盈眶。

继续说李贺。

李贺流传下来的诗很少，只有两百三十八首。与同时代其他诗人相比，这个数量偏少，为什么呢?

李贺生前将自己的诗稿托付给了好友沈子明。可惜，所托非人。李贺去世十五年后，沈子明有一天才突然想起这档子事儿，赶紧翻箱倒柜地找，结果翻出来一看，诗稿都发霉了。

还好，礼部侍郎李潘是李贺的骨灰级粉丝，他立志要给李贺编一部诗集。他听说李贺有个表哥，此君和李贺是笔友、发小、同窗，便千里迢迢去拜访他，求他帮自己搜集李贺的遗作。

李贺的表哥答应了：我家还有很多李贺的诗稿呢！您把已经收集好的也给我吧，我把它们编在一起再给您送到府上！李潘大喜，把好不容易收集来的李贺诗作都给了他，然后数着日子，兴奋地等待结果。谁知这个表哥一去几年，再没了消息。

李潘等不及了，去找李贺表哥问个究竟。李贺的表哥一脸平静地对他说：实话告诉你吧，我从小就和李贺不和，他狂得要命，看不起我。君子报仇，十年不晚。你交给我的那些诗，连同我原有的，都让我毁了。

李潘又惊又怒，但也无可奈何，只好再次搜集，零零碎碎地只找回了李贺诗歌两百多首。诗集付梓时，李潘请来了当时文坛的两位巨星杜牧和李商隐为其添彩。杜牧为诗集写了序，李商隐为李贺写了传记。

李商隐的《李贺小传》中写道：李贺病中，忽见一个穿着红色丝帛衣服的仙人驾着红色的龙，来召唤李贺上天，说天帝刚刚建成一座白玉楼，召李贺去为玉楼题诗。空中有烟气袅袅升腾，还有车声和奏乐声。

于是，在另一个诗人的笔下，一个伟大的诗人终于拥有了一个魔幻的结局。李贺不是死了，而是成仙飞升了，这种传奇而浪漫的说法让后世的读者得到了极大的安慰。

在我们的内心，都愿意相信我们所敬所喜所牵系的人会在另一个世界里永存。从这个意义来讲，李贺不是流星。他和他的诗所发出的光亮千载不灭，照耀后世。

九

十里扬州，樊川别墅
却道紫薇开何处

——杜牧先生，我们就是喜欢你的风流多情

唐朝诗人里，我最爱杜牧。

杜牧诗是晚唐诗坛公认的最高峰。

“烟笼寒水月笼沙，夜泊秦淮近酒家。商女不知亡国恨，隔江犹唱后庭花。”“折戟沉沙铁未销，自将磨洗认前朝。东风不与周郎便，铜雀春深锁二乔。”“青山隐隐水迢迢，秋尽江南草未凋。二十四桥明月夜，玉人何处教吹箫？”“落魄江湖载酒行，楚腰纤细掌中轻。十年一觉扬州梦，赢得青楼薄幸名。”“多情却似总无情，唯觉樽前笑不成。蜡烛有心还惜别，替人垂泪到天明。”……

醉了，醉了！唐代的七绝圣手，非杜牧莫属。

杜牧，字牧之，京兆万年（今陕西西安）人。他是不折不扣的“官三代”。祖父杜佑、父亲杜从郁都是国家高级干部。特别是杜佑，当过宰相，封过岐国公。

杜牧在家族中排行十三，根据唐人的习惯，他被称为“杜十三”。杜十三在诗中自报家门，那是相当气派：“旧第开朱门，长安城中央。第中无一物，万卷书满堂。”有时候他也忍不住要夸耀一下家世，“我家公相家，剑佩尝丁当”。

明代学者胡震亨在《唐音癸签》中评论说：“杜牧之门第既高，

神颖复隽，感慨时事，条画率中机宜，居然具宰相作略”。什么意思呢？胡震亨认为杜牧出身好，天资也好，有远见卓识，是个做宰相的材料！

杜牧志存高远，的的确确是想和祖父一样做宰相。他研究过《孙子兵法》，发表过多篇治国方略。但是他这一辈子，绝大部分时间都是在远离京城的地方做幕僚，做小吏，很不得志。

张爱玲说“出名要趁早”，杜牧其实出名挺早的。“六王毕，四海一，蜀山兀，阿房出……”杜牧二十来岁写的《阿房宫赋》就给他赢得了极大的声名。明代文学评论家金圣叹称赞《阿房宫赋》是“一篇最清出的文字”，清人李扶九更推崇了，认为开天辟地以来的文赋里它应该排名第一。

因为《阿房宫赋》这篇文章，杜牧还得到了当朝大员的赏识。杜牧去参加进士考试，还没开考，已经有吴武陵这样的文坛老前辈在主考官那里背《阿房宫赋》了，再三嘱咐主考官千千万万不要漏取了杜家的十三郎。最终全国录取了三十三人，他排名第五。

皇榜公布后，杜牧喜欲狂：“东都放榜未花开，三十三人走马回。秦地少年多酿酒，却将春色入关来。”

按照惯例，新科进士要到长安城里的曲江游玩。“曲江水满花千树”，热闹极了。

在曲江遇到一个和尚，攀谈起来，杜牧报上姓名，心想天下谁人不识我，满以为和尚会追捧他。谁知这和尚四平八稳，一脸淡然，这让杜牧分外失落。

人世间的风月繁华、功名利禄，在佛家子弟看来不过都是过眼烟云。和尚的反应让杜牧若有所悟，收敛了一颗轻狂的心。他写了一首诗记录此事：“家住城南杜曲旁，两枝仙桂一时芳。老僧都未知名姓，始觉空门气味长。”

八个月后，杜牧被授官洪州（今江西南昌），就是王勃写《滕王阁序》的那个地方。可是这京都少年一去就是十多年，在老少边穷地区打转转，久做不升迁的基层公务员，这让他感觉到了孤独寂寞冷。

还好，洪州当地有个官员沈传师是杜牧的熟人。沈家与杜家为世交。沈传师也爱好文学，和杜牧志趣相投。杜牧常去沈传师府上宴饮。

沈府有一个名叫张好好的歌女，时年不过十三。杜牧对她颇有好感，但未及倾诉，张好好已被沈传师的弟弟纳为小妾，杜牧只好空留余恨。

后来有一次，在洛阳，杜牧在一次酒宴上见到了歌妓紫云。当时他已是著名诗人，官职虽然不大但是名气很大，自然是座上宾。他对紫云一见钟情，当场要求主人将紫云送给自己。

与宴宾客们哄堂大笑，杜牧这才觉得自己也太过鲁莽造次，便口占一首道歉：“华堂今日绮筵开，谁唤分司御史来。忽发狂言惊满座，三重粉面一时回。”吟罢杜牧当即辞别，准备上马而去，却被主人唤住，让他将紫云带走。

大约因为有错失张好好之痛，方有杜牧后来的勇索紫云之举吧。

与张好好一别六年后，两人在洛阳不期而遇。杜牧还是那个风流潇洒的杜牧，只是当年那风姿绰约的张好好已经沦落为他乡之客。

面对昔日的恋人，杜牧感慨万分，写了一首五言长篇《张好好诗》。

在这首诗里，杜牧以诗歌语言再现了张好好升浮沉沦的悲剧，表达了他对这类无法主宰自己命运的苦难女子的深切同情。

杜牧这首诗的文与书法都名盛一时。而且这幅作品流传下来，极为历朝的书法界称赏。《宣和书谱》说他的字气格雄健，《金石录补》说他的字潇洒流逸。这幅《张好好诗卷》历朝都被视为国宝，一向都藏在宫里，上面有宋徽宗、贾似道、年羹尧、乾隆皇帝等的鉴定印章。

到了清朝，末代皇帝溥仪离宫之时，仓皇之中还不忘携带此卷。《张好好诗卷》后来流落民间，为民国四大公子之一的张伯驹所藏，新中国成立后又捐赠给了国家，现藏于北京故宫博物院。

《张好好诗》说完再来说说《杜秋娘诗》吧。

杜秋娘本是金陵的歌妓，十五岁时，以一曲《金缕衣》为人称道：

劝君莫惜金缕衣，劝君惜取少年时。

花开堪折直须折，莫待无花空折枝。

虽说以后人眼光看来，此诗颇为励志，似乎是在奉劝少年珍惜年华，切莫蹉跎岁月。但其实，杜秋娘是在感叹自己青春无多，希望能觅得如意郎君。

杜秋娘后来为镇海节度使李锜所得，本来算是人有所归。但李锜起兵谋反，兵败被杀，杜秋娘作为罪臣家眷被没入后宫。因其才貌双全，又得宪宗宠幸。宪宗去世前，要求继位者穆宗对其多多照拂。穆宗让杜秋娘照顾太子。结果后来太子失势，杜秋娘也被放逐出宫，回到故乡金陵。无论怎么看，她的经历也足够传奇。

杜甫某次在金陵偶遇年老色衰的杜秋娘，今昔对比，心中感慨无限，于是就有了《杜秋娘诗》。全诗一百一十二句："京江水清滑，生女白如脂。其间杜秋者，不劳朱粉施。老濞即山铸，后庭千双眉。秋持玉斝醉，与唱金缕衣……"这首诗脍炙人口，在当时传遍大江南北。

849年，杜牧回到长安任职，晚唐诗坛上两颗巨星——李商隐与杜牧相逢了，不过没有擦出火花，倒是有一些摩擦。

作为后进之士的李商隐多次给杜牧送去了表达景仰之情的诗歌，但杜牧并无回应。

李商隐开始给杜牧写的诗颇有吹捧之意：“刻意伤春复伤别，人间惟有杜司勋。”见杜牧不为所动，他就继续写诗：“杜牧司勋字牧之，清秋一首杜秋诗。”还是没有得到回应以后，两人之间就再没有交集了。

李商隐说：“清秋一首《杜秋诗》”——可见他也认为这首《杜秋娘诗》是杜牧的代表作。但是，到了后世，也有人挖苦道，这《杜秋娘诗》哪里是诗？分明是一篇学生作文，而且是考场上匆匆赶出来的那种学生作文。这种评论有点苛刻。只是因为杜牧的七言绝句如明月孤映、高霞独举，两相对比，他的长诗免不了落于下风。

有人调侃说，唐诗中有两个特产，一是悍妇，一是毒舌。因为悍妇和毒舌，唐朝诗人惧内的多，写嘲讽诗也是传统。而这嘲讽诗中最重要的部分就是嘲妓诗。这些身世凄惨的歌女，常常沦为达官贵人取笑的对象。

杜牧某次归乡时路过一个酒店，见到一位身形高大的陪酒女，便赋诗一首：

盘古当时有远孙，尚令今日逞家门。
一车白土将泥项，十幅红旗补破裩。
瓦官寺里逢行迹，华岳山前见掌痕。
不须啼哭愁难嫁，待与将书报乐坤。

“你简直是巨人盘古的后代，今日酒店还在用你当顶梁柱。一车白泥往你的脖颈上倒，十幅红旗拿来才能给你的内衣打补丁。我曾在瓦官寺里见过你，因为你就是庙里出了名的大佛啊。你实在是个大块头，华山上还有你的手掌印呢。你是大佛，怎么可能嫁不出去呢？写封信给山神让他帮帮你不就得了？”这种毒舌，以今日的眼光看来，实在是太刻薄了。

不过，从这首诗中也可以看出，在晚唐，人们早已不以胖为美，杜牧只有在遇到“娉娉袅袅十三余”和“楚腰纤细掌中轻”的瘦弱女孩时才会正经写诗来赞美。这也可以说明，晚唐时，盛唐时的刚健之风已不复存在。

《丽情集》中记载，杜牧听说湖州景色秀美，且多丽人，心向往之。有一次，他争取了一个公差的机会前往湖州。在湖州，他喜欢上了一个年轻的歌女，约定十年后自己来湖州为官，再前来娶她。然而，他先后做了黄州、池州、睦州的刺史，就是轮不到湖州。等到他的朋友周墀当了宰相，他连写三封信相求，终得湖州刺史职位，距当年的约定已经过去了十四年。那个歌女在等了十年后，已在四年前嫁为人妇了。

杜牧心下惆怅，写下了一首《叹花》：

自是寻春去较迟，不须惆怅怨芳时。

狂风落尽深红色，绿叶成阴子满枝。

《红楼梦》里宝玉病后，看到满目春光，叹春光之易逝，也曾念过这句诗，“绿叶成阴子满枝”。

杜牧真正开始他放浪形骸的生涯，应该是在扬州。扬州是当时的繁华之地，人云“腰缠十万贯，骑鹤下扬州”，便是人生幸福的顶峰。《唐阙史》上说：扬州入夜后，娱乐区会有上万只红纱灯悬挂起来，灿烂辉煌，照彻夜空。长街之上，顶珠戴翠的人群熙来攘往，远远望去，犹如仙境。

仕途上的蹭蹬，让杜牧有些自暴自弃。所以在扬州，他夜夜出入歌楼酒肆。正是在这里，宦海失意的杜牧达到了创作的高峰。

离开扬州时，杜牧写了两首深情款款的诗留给他所眷念的烟花女子：

娉娉袅袅十三馀，豆蔻梢头二月初。
春风十里扬州路，卷上珠帘总不如。

多情恰似总无情，惟觉樽前笑不成。
蜡烛有心还惜别，替人垂泪到天明。

后来他还写诗回顾这段好时光：

落魄江湖载酒行，楚腰纤细掌中轻。

十年一觉扬州梦，赢得青楼薄幸名。

青山隐隐水迢迢，秋尽江南草未凋。
二十四桥明月夜，玉人何处教吹箫。

南宋词人姜夔极爱杜牧写扬州的诗，他甚至觉得自己就是杜牧转世。他写道：“杜郎俊赏，算而今、重到须惊。”(《扬州慢》)“十里扬州，三生杜牧。”(《琵琶仙》)“东风历历红楼下，谁识三生杜牧之。”(《鹧鸪天》)

849年，杜牧回到长安任职，他正是在这年遇到了李商隐。之所以慢待李商隐，很重要的一个原因是，他当时的心情很灰暗。他在诗中写道：

清时有味是无能，闲爱孤云静爱僧。
欲把一麾江海去，乐游原上望昭陵。

昭陵是唐太宗的陵墓。杜牧站在乐游原上望向唐太宗的陵墓，感叹自己生不逢时，没有生在那个群星璀璨、可以建功立业的大时代。

也是在乐游原，李商隐也曾在此写过一首很著名的诗：“夕阳无限好，只是近黄昏。”一个意思：大唐虽然好，可惜是晚唐。

此时的长安不复当年了。晚唐是乱世，藩镇割据，宦官专权，皇帝已成牵线木偶，朝官更是贱如草芥，任打任杀。加上京官薪俸不高，杜牧多次请求外调，想去地方上透透气。

江南多好啊，扬州多好啊。他甚至觉得“人生只合扬州死，禅智山光好墓田”。禅智寺是扬州的一座庙，他曾经在那里照顾过养病的弟弟。

才如愿外放了两年，朝廷认为他到底是个人才，又让他回京。回京后，他多了一个号：杜紫薇。

紫薇繁花似锦，花期长久，有芳香。奇特之处是若轻挠树身，竟然全株颤动，屡试不爽。紫薇花的树干扭曲、光洁，传入日本后，日人称之为“猿滑”，意思是猿猴也难爬上去。唐代的中书省是掌管文秘机要、发布政令的要害衙门。而中书省的官署多种紫薇，因为古人相信种紫薇可以压邪扶正。由于这个缘故，具有浪漫气质的唐玄宗干脆将中书省更名为紫薇省。在中书省为官者也就自然冠上紫薇的雅号，如中书令谓之紫薇令。中书侍郎则称紫薇郎。

杜牧回到京城做起了中书舍人，也成紫薇郎了。紫薇郎难免要写诗赞紫薇花：

晚迎秋露一枝新，不占园中最上春。

桃李无言又何在？向风偏笑艳阳人。

杜牧以物咏情，借花自誉，所以大家尊其为杜紫薇了。

杜牧另有一号是“樊川居士”。

回到长安做紫薇郎时期，杜牧也不愿老在长安城里待着，他整修了城外祖上留下来的樊川别墅，有空了就召集一些同好在这里聚会。

樊川别墅和王维当年的辋川别业都在终南山下，一样景色优美而清幽，一样成为诗人最终半官半隐的所在。

杜牧死后，他的外甥整理了他的作品集，就叫《樊川文集》。

杜牧不愿做京官，据说还因为他曾经做过一个梦，梦里面有个神仙言之凿凿地说他最后的官位就是紫薇郎。杜牧一当上中书舍人紫薇郎，果然重病缠身。不到五十岁的他心知大限将至，就给自己写了墓志铭。

墓志铭写完后，杜牧闭门谢客，在家搜罗生前的诗文，最终留下十之二三，余者都烧成灰了。以至于他的外甥所收藏的杜牧诗篇，比杜牧自己留存下来的多了十分之七八。

李贺的诗被人扔进厕所，杜牧的诗又被自己焚烧，看来，上天也嫉妒这些锦绣唐诗。

十

笔调胭脂，墨染相思

薛涛笺上尽是痴

——这些文艺女青年不愿意靠脸吃饭

作诗不是男人的专利。在唐朝，女人也作诗。

长安有个姓卢的小官员，晚年娶了个年轻妻子。某日，夫妻调笑，妻子作诗说：

不怨卢郎年纪大，不怨卢郎官职卑。
自恨妾身生较晚，不见卢郎年少时。

《唐诗纪事》载，杜羔老是考不中科举，在长安瞎混了好几年，很是心灰意冷，就给妻子写信说，长安人情薄如纸，我准备弃考了！

妻子回信说：

良人的的有奇才，何事年年被放回？
如今妾面羞君面，君到来时近夜来。

杜羔后来发愤图强，考中了。他妻子又给他写信：

长安此去无多地，郁郁葱葱佳气浮。
良人得意正年少，今夜醉眠何处楼？

再说唐太宗李世民。他某次兴冲冲地让自己最宠爱的徐妃前来，徐妃却迟迟不到。太宗很生气，结果徐妃来了后吟诗一首：

朝来临镜台，妆罢暂徘徊。
千金始一笑，一召讵能来？

太宗的一腔怒火瞬间化为无形。

太宗死后，徐妃也绝食而亡，葬于昭陵，了却了她“日夜侍奉在先帝身边”的心愿。太宗身边的那些下等妃嫔，则依后宫之例，入长安的感业寺削发为尼，其中就有后来的一代女皇武则天。

在感业寺做尼姑时，武则天写了一首诗，名字叫《如意娘》：

看朱成碧思纷纷，憔悴支离为忆君。
不信比来长下泪，开箱验取石榴裙。

这是武则天在人生中最失意的低谷时期写给唐高宗李治的。太宗病重的时候，当时还是太子的李治前来送汤药，和武则天互生情意。

这首《如意娘》被公认为唐朝情诗的上品。诗仙李白在名作《长相思》中有一句“不信妾肠断，归来看取明镜前”。据说李白非常得意自己这一句，拿给妻子显摆。结果妻子随口说：这句不错，但是好像比不过“不信比来长下泪，开箱验取石榴裙”。

这首《如意娘》还给成语词典贡献了一条“看朱成碧”的成语。正是这首诗，让武则天的命运出现了惊天转机——被唐高宗李治接出寺院进皇宫，后来做了皇后，做了皇帝。

武则天掌权后，将上官婉儿提为身边女官。上官婉儿的祖父是上官仪，做过唐高宗李治的宰相，因反对高宗立武则天为后被诛，上官婉儿也随母亲充入宫中为婢。

上官婉儿十四岁那年，在宫里偶遇武则天。武则天看这个小宫女一脸的天真烂漫，心里多少有些喜欢，就随口问了她一句“你说牡丹好看还是莲花好看”之类扯闲篇的问题。结果，上官婉儿的回答既活泼俏皮，又严谨诚恳，既富有智慧哲理，又充满诗情画意。

武则天惊叹于她的才思敏捷，于是向她伸出了橄榄枝。伴君如伴虎，没几天，上官婉儿就遭遇了人生中的第一次生死危机。《酉阳杂俎》和《北户录》等书记载：武则天开朝会时，上官婉儿负责记录。有一天，风度翩翩的年轻官员李迥秀前来奏事，上官婉儿被他的风度气质所吸引，以至于一时走神，忘了写字。

武则天看到后，很生气，顺手拿起一把修指甲的小刀扎到了上官婉儿的眉心，还不许拔。上官婉儿忍痛作《乞拔刀子诗》呈上，武则天这才息怒。

额头留疤了，上官婉儿干脆就在额头画了朵梅花遮掩疤痕，结果太好看了，红梅妆一下子流行开来。那时候的女人不管长相如何，额头没有画朵梅花都不好意思去串门子。

至于那个大帅哥李迥秀，后来被武则天的情人张易之的老母亲看上了，武则天就把李迥秀赐婚给了张易之的母亲。

被武则天捅了一刀，上官婉儿警醒了，开始对武则天精心侍奉，曲意迎合，武则天对她也越来越信任。从此，上官婉儿大权在握，成了一人之下，万人之上的“巾帼宰相”。

上官婉儿身在庙堂而权重，心里却另有山水以寄情，在她的笔下，自有幽谷和清风：

> **策杖临霞岫，危步下霜蹊。**
> **志逐深山静，途随曲涧迷。**
> **渐觉心神逸，俄看云雾低。**
> **莫怪人题树，只为赏幽栖。**

是不是感觉和王维的那些田园诗有异曲同工之妙？

武则天晚年还政于中宗后，上官婉儿依旧得势。当时宫中有弄权的韦后，朝中有跋扈的武则天侄子武三思。韦后想做武则天第二，武三思想取代太子，都是野心家。上官婉儿和这两人打得一片火热，组了个“三人帮”。

搞权术，也搞学术。她还经常主持一些诗歌大赛，让百官凑到一起作诗，她当仁不让做总评委。写得好的，赏！有时候赏一杯酒，有时候赏一栋宅子，看心情喽。那些写得差的，卷子直接从高楼上丢下去，羞臊你，一点面子都不留！

要知道，受她的影响，“上官体”成为当时的创作主流。她当评委，大家都服。

这时候，第二次生死危机悄悄袭来。太子李重俊忍无可忍发动政变，杀了武三思，又引兵进宫搜捕上官婉儿。上官婉儿侥幸躲过。太子李重俊最终被唐中宗反扑，政变失败。

而第三次生死危机，上官婉儿最终没有躲过。

李隆基，也就是后来的唐玄宗，他搞政变就很成功。他领兵进宫杀了韦后，又要杀上官婉儿。

上官婉儿求李隆基开恩，作为一个优秀的政治家，李隆基没有手下留情。政治斗争就是这么残酷！不过，杀死上官婉儿后，唐玄宗马上吩咐有关部门为上官婉儿隆重推出了一套纪念版的诗集。

唐玄宗这一辈子，有两个女人明明心里喜欢，却又不得不杀。一个是上官婉儿，另一个便是后来死在马嵬坡的杨玉环。他最喜欢上官婉儿的那首《驾幸新丰温泉宫献诗》：

三冬季月景龙年，万乘观风出灞川。

遥看电跃龙为马，回瞩霜原玉作田。

没错，大唐诗坛群星璀璨，又怎能少了女诗人的熠熠星光呢？这些女诗人摇曳多姿，绝代风华。她们大多都很美，她们明明可以靠脸吃饭，但她们有时候更靠才华。

唐朝的女诗人里女道士居多。公认的“唐代四大女诗人”中除过刘采春，李冶、薛涛、鱼玄机三人都是女道士。

因为李冶、薛涛、鱼玄机都是女道士，所以也被称为唐朝诗坛的“女冠三杰”。女冠就是女道士的意思。唐代的女人里只有女道士的头上戴冠，故名。

女道士自古有之，可是到了唐朝，女道士的队伍就有意思了。该行业的精英代表基本上分两拨：一是公主派，一是才女派。

唐朝的公主有两大特色，一是再婚的多，二是做道姑的多。毕竟是金枝玉叶，公主的道观生活，远比出嫁了逍遥快乐得多。例如，唐玄宗的同母妹妹玉真公主，住着豪华道观，经常和那些名流雅士一起开派对，不少男子都拜倒在她石榴裙下，像李白、王维这样的奇男子都和她传出过绯闻。

除了公主派，还有准公主派。最著名的就是唐玄宗时宰相李林甫的女儿李腾空，她在庐山凌云峰修道，名气很大。李白和她

相熟，赠其诗云："羡君相门女，爱道爱神仙。素手掬秋霭，罗衣曳紫烟。一往屏风叠，乘鸾著玉鞭。"

李白在安史之乱期间随永王出征之前，就把妻子宗氏带上庐山，托付给了李腾空。宗氏是武则天时宰相宗楚客的孙女，和李腾空一样出身名门。

接着说唐朝女道士里的才女派吧。

女道士中最为著名的才女派代表人物就是李冶、薛涛、鱼玄机这"女冠三杰"了。这些有才有貌的女道士，并不是苦修之人。身在道门中，心在红尘外。唐朝的道观似乎专门用来盛放多情才女们无处安放的青春，于是清静幽雅的道观被一些人认为是可以自由结交风流才子的隐性青楼，女道士在唐朝有时也是妓女的代名词。

要是读唐诗，看到标题里有"赠某某女仙"字样，基本上可以断定是多情的诗人写给道观里那些漂亮的女冠的。

"女冠三杰"里名气最大的是薛涛。

薛涛是长安人。七八岁作诗时写了一句"枝迎南北客，叶送往来风"，她的父亲预感到她未来会有不幸的命运。果然，十六岁时薛涛因为家庭变故坠入风尘，真的"枝迎南北客，叶送往来风"了。

薛涛姿容美艳，通晓音律，最重要的是超级会作诗，所以往来的客人都是当时诗坛的超一流诗人。例如元稹、白居易、张籍、王建、刘禹锡、杜牧……阵容豪华，个个都是腕儿！

特别是元稹，和她在成都的浣花溪谈了一场轰轰烈烈的姐弟恋——薛涛当时已经四十二岁了，要比元稹大十一岁。恋爱中的她用诗歌记录了爱情的浪漫和甜蜜：

双栖绿池上，朝暮共飞还。
更忙将趋日，同心莲叶间。

她写这些诗时，连纸都用她自造的桃红色诗笺，异常精美。即所谓“长教碧玉深藏处，总向红笺写自随”。后世之人仿制了这种纸，称之为“薛涛笺”。

元稹最后移情别恋。不是能写出“曾经沧海难为水，除却巫山不是云”的人在感情上就绝对靠得住。薛涛在四川想着元稹“夜深同花说相思”之时，元稹却在浙江与年轻貌美的刘采春“新妆巧样画双蛾”。薛涛从此抑郁寡欢，终身未嫁，以女道士的装束度过了孤独的一生。

薛涛的好友、诗人王建如此赞美薛涛：

万里桥边女校书，枇杷花下闭门居。
扫眉才子知多少，管领春风总不如。

再说说李冶。李冶是江南女子，十一岁时就做了女道士。《唐才子传》上说她“姿容美艳，神情潇洒”。因为美艳，李冶有很多朋友，最有名的便是陆羽。没错，就是“茶圣”陆羽。此人是唐代著名的茶学家，著有世界第一部茶叶专著《茶经》。

李冶还曾对陆羽的好友、诗僧皎然有意，但皎然持戒甚严，李冶只得慨叹：“禅心已如沾泥絮，不随东风任意飞！”

李冶善戏谑。有一次她和许多名士聚会，在场的有刘长卿，刘长卿以《逢雪宿芙蓉山主人》名世：

日暮苍山远，天寒白屋贫。
柴门闻犬吠，风雪夜归人。

刘长卿患有疝气，经常要在裤子里绑一块布兜托起阴囊，才可减轻痛楚。这本来是隐疾，李冶一见他，却偏要问候：“山气日夕佳？”

“山气日夕佳”是陶渊明的诗，这里却谐音“疝气”，意思是：你的疝气好些了？刘长卿咧嘴一笑，回道：“众鸟欣有托。”“众鸟欣有托”也是陶渊明的诗，意思是：幸好有布兜托着！

这样一个浪漫多情、好作戏谑的女道士，有一首《八至》诗，至今还生命力顽强地活跃在现代人的微信朋友圈之中：

至近至远东西，至深至浅清溪。

至高至明日月，至亲至疏夫妻。

男女之间，从来都可以相濡以沫，也可以形同陌路。好一个“至亲至疏夫妻”，啊，多么痛的领悟！李冶也许正是因为看穿了世事人情，所以索性潇洒不羁。

李冶诗名远播，以至于唐玄宗下诏命她进京面圣。李冶惊喜之余，还是有一份遗憾，“仰愧弹冠上华发，多惭拂镜理衰容”。此时她已人到中年，年老色衰，不能以自己鼎盛之年的绝世之貌去见风流天子唐玄宗了。

此后李冶在诗坛的地位更高了，她留在长安，经常组织文人雅士的集会。其盛名不衰，直到德宗时，德宗皇帝还亲切地称呼她为“俊妪”——也就是漂亮的老太太。

如果她以此善终，该多好？可惜后来她在政治上站错了队。

那年，权臣朱泚叛乱，占据长安，赶跑德宗，自称大秦皇帝。朱泚把长安有名的诗人控制起来，让其为自己唱赞歌，其中就少不了李冶。为了保全自己，李冶稀里糊涂就为其献诗了。

等到德宗平定叛乱，还朝长安，李冶以叛国罪被乱棒打死，时年七十五岁。

接着说鱼玄机。和薛涛一样，鱼玄机也是长安人，她比薛涛晚生了七十多年。

说鱼玄机，得从温庭筠说起。温庭筠，也是长安人，是晚唐诗坛的佼佼者。他的《商山早行》是唐代著名的羁旅行役诗，是他离开长安时所作，其中的“鸡声茅店月，人迹板桥霜”已成为众口传诵的名句。还有那句“玲珑骰子安红豆，入骨相思知不知”，读来音律婉转，确实是相思入骨之意。

他也是晚唐著名的词作者，《望江南》一词清新婉丽，情真意切：

> **梳洗罢，独倚望江楼。**
> **过尽千帆皆不是，斜晖脉脉水悠悠。**
> **肠断白蘋洲。**

温庭筠有捷才，每次考试，他只需叉八次手八韵诗文就完成了，所以江湖人称“温八叉”。按理说，这样的考场之神参加科举自然手到擒来，但不幸的是，考了十多年，他永远名落孙山。温庭筠异常恼火，索性开始故意搅局：在考场上无偿替别人当“枪手”。

《唐摭言》记载：温庭筠上了吏部的黑名单。一次考试，主考官沈询的重点盯防对象就是他。考试时间还未过半，温庭筠就提前交卷了。沈主考暗自庆幸之时，温庭筠却在考场外大笑：“过瘾，这次又帮了八个！”

一次考试，替考八人。因为此事，沈询等一批官员都受到了处分，而温庭筠的名气更大了。

在当时的诗坛，温庭筠和李商隐齐名，两人关系也很好，人称“温李”。温庭筠的诗很美，但是他的长相却很丑。《旧唐书》中说他还有一个外号叫“温钟馗”，可见他长得多么惊世骇俗。

温庭筠为什么科举屡试屡败，其实另有原因。

唐宣宗喜欢读《菩萨蛮》，丞相令狐绹的儿子和温庭筠是好朋友。令狐绹就要温庭筠做枪手代他填写新词献给宣宗。歌词写好后，宣宗龙颜大悦，对令狐绹另眼相看。

可是温庭筠却到处说那歌词其实是他写的，因此令狐绹恨得牙痒痒，给主考官打招呼了，姓温的统统不予录取。温庭筠科场失意，五十多岁了还是没有着落，整日里厮混。有一次跑到淮南，因为喝醉了夜里跑到街上发酒疯，竟被巡逻的兵丁打耳光，连牙齿都打折了。

温庭筠又羞又恨，这才返回长安。一回长安，就遇到了鱼玄机，在长安一家妓院里。不过，那时候，鱼玄机还叫作鱼幼薇。

鱼幼薇是个早慧儿童。她的父亲是个小文人，在父亲的指导下，鱼幼薇七岁就能写诗，水平还不差，人们因此都叫她“诗童”，所以鱼幼薇是长安城中的小明星。

鱼幼薇十一岁时，父亲亡故，鱼幼薇和母亲没有经济来源，只好搬家到平安里。此地属于红灯区，母女俩就在妓院洗衣打杂谋生。

听说“诗童”鱼幼薇在妓院里打杂，温庭筠出于好奇就唤她前来，出题限韵，一考她的诗才。

鱼幼薇知道温庭筠的大名，着实用心地作了一首《江边柳》：

翠色连荒岸，烟姿入远楼。
影铺春水面，花落钓人头。
根老藏鱼窟，枝底系客舟。
萧萧风雨夜，惊梦复添愁。

温庭筠看罢，心中一喜，就收她做了弟子。

温庭筠和鱼幼薇的关系，既像师生，又像父女，也像朋友。温庭筠带着鱼幼薇访诗友，参文会，结识京城名流。这让鱼幼薇内心原本小小的世界一下子宏大了起来。

鱼幼薇渐渐长成亭亭玉立、明艳照人的少女了。也许是缺乏父爱，也许是因为感恩，也许温庭筠有诗坛明星的光芒，反正情窦初开的鱼幼薇就是喜欢上了又老又丑的温庭筠。但温庭筠却在心底始终保留着一份对鱼幼薇纯纯的爱怜。他留心着，要给鱼幼薇寻一个能匹配她的白马王子。

有一天，两人相偕到城南的崇贞观中游览，正好遇到一群新科进士争相在壁上题诗留名。待他们题完后，鱼幼薇也满怀感慨

地题下了“自恨罗衣掩诗句，举头空羡榜中名”的诗句。意思是说可惜她是个女子，纵然有才华，也只能羡慕别人中状元。

这时，温庭筠心中一动，想起一个人来——青年才俊、状元郎李亿。

在他的撮合下，这事就成了。只是李亿家中还有一个原配夫人裴氏，鱼幼薇只能做妾。

古时正妻地位高，妒妇也多，“吃醋”这个典故就出自唐朝。唐太宗张罗着给宰相房玄龄纳妾。房玄龄之妻出于嫉妒，横加干涉，就是不让。太宗脸上无光，令房妻在喝毒酒和纳小妾之中选择其一。没想到房夫人确有几分刚烈，宁愿一死也不在皇帝面前低头。于是端起那杯“毒酒”一饮而尽。当房夫人含泪喝完后，才发现杯中不是毒酒，而是醋。从此，“吃醋”便成了嫉妒的比喻词。

因裴氏不容，李亿只得把鱼幼薇送到长安城西的咸宜观。鱼幼薇取了“玄机”的道号，从此鱼幼薇成了鱼玄机。

鱼玄机苦等李亿时就写诗。诗每写成，都无法捎给李郎，鱼玄机只得把诗笺抛入曲江的水中，任凭幽情随水空流。

后来她才知道，李忆早已携妻远赴扬州为官去了。鱼玄机被抛弃了。绝望的鱼玄机在冷清的咸宜观中写下了一首后来传诵千古的《赠邻女》:

羞日遮罗袖，愁春懒起妆。

易求无价宝，难得有情郎。

枕上潜垂泪，花间暗断肠。

自能窥宋玉，何必恨王昌。

既然“易求无价宝，难得有情郎”，那么鱼玄机就要换个活法了。她在道观外贴出“鱼玄机诗文候教”的牌子。她的身份特殊：美女、道姑、状元前妻、知名女诗人……整个长安都被她搅动了。从此，鱼玄机化身堕落天使。

温庭筠来咸宜观看过鱼玄机吗？没有。鱼玄机婚后，温庭筠就离开长安。他们还有通信，在千里之外互通彼此的诗。

鱼玄机收到温庭筠的诗稿是欣喜的，不忍丢手，钻到被窝都要拿出来一读再读。她写道：

字字朝看轻碧玉，篇篇夜诵在衾裯，

欲将香匣收藏却，且喜吟诗在手头。

与温庭筠的唱和让鱼玄机又回到了从前。从前她叫鱼幼薇。

香港有部电影《唐朝豪放女》，拿过金马奖。演鱼玄机的女演员叫夏文汐。作家李碧华在《胭脂扣》里提到《唐朝豪放女》，说起夏文汐“男孩子一样的身材，却风流婉转，妩媚难堪”，演活了鱼玄机。

万梓良扮演的崔博侯在剧中是个游侠剑客。他和鱼玄机有这样的对话：

崔博侯："你这么有学问，为什么要做女道士？"

鱼玄机："有学问可以做些什么？我不喜欢做人家的妻子，不喜欢做妾，不喜欢做妓女，不喜欢做尼姑，我舍不得我的头发。所以只有做女道士了——为什么你要做游侠？"

崔博侯："我？我不喜欢做人家的夫婿，不喜欢做朝廷大官，不喜欢做商人，也没有兴趣做藩镇武将，割据一方，我更不能容忍这帮贪官污吏，所以我只有杀人。"

崔博侯是电影中虚构的一个人物。而鱼玄机众多的情人里有一个叫陈韪的琴师，这个人却是真实存在的。

陈韪和鱼玄机要好的同时又和鱼玄机的侍女绿翘有染。鱼玄机发觉了，嫉恨攻心，就拷打绿翘。绿翘的头被鱼玄机推得撞到了墙上，死了，鱼玄机趁天黑把绿翘的尸首埋在院子里。后来有客人发现后院有苍蝇乱飞，事情这才败露。

被收监的鱼玄机在狱中亦从容，有诗曰："明月照幽隙，清风开短襟。"《唐律疏议》上说了，"诸奴婢有罪，其主不请官司而杀者，杖一百。无罪而杀者，徒一年。"不管绿翘是不是有过失，按照唐朝律法，鱼玄机都不至于被判死罪。

那么，鱼玄机为何最终被斩呢？有人说，因为她运气不好，案子落到了温璋手中。温璋是出了名的酷吏，他主政长安时，长安一直处于恐怖气氛之中。温璋出行，路人噤声，如有喧哗大笑者，立即用棍棒打死。

但是，从史料看，绿翘案前一年温璋就死了。那年，唐懿宗爱女同昌公主病亡，懿宗迁怒于太医，下狱者三百多人，连温璋这样的狠角色都认为刑罚太重。唐懿宗大怒，降了温璋的职，责令他三日内离京。温璋性子硬，服毒自尽。唐懿宗闻讯，拍掌叫好道：恶贯满盈，死有余辜！

所以，还有一种说法，长安当时的行政长官是裴澄。裴澄曾经登过鱼玄机的门，但是鱼玄机很任性，因为裴澄跟李亿的妻子裴氏同姓同族，就给他吃了闭门羹，导致裴澄公报私仇，量了死刑。

不管怎么样，反正鱼玄机是死了。死时才二十七岁。

电影《唐朝豪放女》中，鱼玄机在法场要被杀头了，崔博侯来劫法场，要救她走，她却偏不走。

在王小波的小说《寻找无双》里，鱼玄机死得兴高采烈。她在牢里跟狱卒搭讪："终于熬到要死了，人活着真不容易啊。"

十一

穷苦成癫，嬉笑成仙 故乡原来在长安

——有部美国电影向中国的寒山和尚致敬

长安自古出神仙。

例如财神赵公明。金甲闪闪，长须飘飘，骑着豪华坐骑大黑虎，一手拿银鞭，一手拿元宝，一副很土豪的样子。

晋时的陶渊明在《搜神后记》中说了，赵公明是终南山人。长安城就在终南山脚下。终南山是长安地界，赵公明是名副其实的长安籍神仙。

具有超高人气的神仙钟馗也是终南山人——长安籍。这钟馗原本是斯文人，中过进士的，因长相丑陋没被朝廷录取，一气之下就在宫殿的台阶上撞死了。死后就捉鬼而食，成了捉鬼的专业技术人才。

因为中过进士，所以钟馗又被人称为“终南进士”。扬州八怪之一的郑板桥在《钟馗嫁妹图》上的题诗就是：五日终南进士家，深怀巨盘嘴生涯。笑他未嫁婵娟妹，已解宜男是好花。

日本江户时代汉诗诗人秋山玉山在诗中称钟馗“终南高士”，也承认钟馗是终南山人。嗯，说来说去这钟馗又是一个长安籍神仙。

八仙里的汉钟离和吕洞宾也都是长安人。当然，也有人认为吕洞宾是山西人。但是，吕洞宾的的确确是在长安城中受了汉钟离的点化，守着一锅咕嘟咕嘟的黄粱粥，做了一个黄粱美梦后成仙的。

如今，西安城东还有“万寿八仙宫”，其山门牌楼左侧竖有“吕洞宾成道碑”，上书“吕纯阳先生遇汉钟离先生成道处”。吕纯阳就是吕洞宾。

吕洞宾是酒仙、剑仙，也是诗仙。《全唐诗》里收录了他不少诗作。“绿酒醉眠闲日月，白苹风定钓江湖”“等闲倒尽十分酒，遇兴高吟一百篇”等，俱是佳句。

扯了这么多，言归正传。说说唐朝时长安另一位会写诗的神仙——寒山子。

寒山子，亦称寒山。他是唐代高僧，长安人，隐栖浙江天台山。《全唐诗》收录其诗歌三百余首。说他是神仙，一点没错。所谓“和合二仙”，这二仙，一是寒山，一是拾得。

寒山与拾得都是高僧大德，唐人的志怪小说却把寒山编作成仙的道士下凡。到了宋朝，佛门则称寒山与拾得是文殊、普贤菩萨转世。而在民间年画艺人的笔下，这二位却是童子形象，蓬头、笑面、赤脚，满面春风，一派天真。一个捧着盒子，一个扛着荷花。盒和荷谐“和合”的音。

以前中国人结婚，喜堂上要挂他们的像，寓意和气好合，这和合二仙几乎成了中国本土的爱神丘比特。到了清朝，雍正皇帝心血来潮，敕封寒山为“和圣”，拾得为“合圣”，经皇帝敕封，这神仙之名就算是坐实了。

寒山与拾得曾有过一段经典的对答：

寒山问拾得：世间谤我、欺我、辱我、笑我、轻我、贱我、恶我、骗我，如何处治乎？

拾得曰：只是忍他、让他、由他、避他、耐他、敬他、不要理他，再待几年，你且看他。

神仙能活得这么憋屈吗？可见他们真是凡人。走下神坛，拾得是庙里老和尚捡来的弃婴，所以叫拾得；寒山则是个长安的科举落榜生。

唐代选官量才有四个标准，分别是身材丰伟、言词辩证、书法遒美、文理优良——口试和面试都要过关呢。

寒山的书法和文章都不错，可惜遗传基因不好，个头矮，颜值有亏，因此误了前程。唐代是一个看脸的时代啊！这与终南进士钟馗的经历何其相似！

寒山屡试不第，落得“浪行朱雀街，踏破皮鞋底”。文不成，武不就，用他的话说就是“东守文不赏，西征武不勋”。

四次落选，家人责难，朋友嫌弃，求不到功名，又割绝了人情。带着伤痛记忆，寒山浪游天下，在大唐盛世做起了孤独隐者。

考证可知，寒山大约姓杨，但他的真实名字已经无法得知了。寒山子是他的号，因为他隐居的天台山有座山峰叫作寒石山。

从长安到天台山，千里迢迢。他为何没有选择长安之侧的终南山作为他的隐居之所，这也是个谜。我们只知道寒山在天台山的生活是苦寒落魄的。

天台山有个国清寺，但是寒山选择了在国清寺外独自修行。他戴着一顶用桦树皮制作的帽子，一身破衣，一双木屐，对月高歌，迎风狂奔。他常常跑到国清寺"望空噪骂"，庙里的和尚们都说他疯了，有时甚至会修理他一顿。随你打，随你骂，寒山拍拍身上的尘土洒脱而去。

这种做派，是不是让人想起民间有名的癫僧济公？不受戒律拘束、举止似痴若狂的济公和尚就是天台山人，他初在国清寺出家，后到杭州灵隐寺居住，随后住净慈寺……请注意两个关键词：天台山、国清寺。——寒山简直就是济公的前世之身！

寒山没钱买纸，就把诗写到石头和墙壁上；没有饭吃，就到处找食，比如国清寺。

有一次，寺庙厨房里一个和尚端了一碗剩饭给他吃。这个和尚也爱写诗，他就是拾得。寒山笑而食之。从此，寒山就成了国清寺厨房的常客。拾得后来干脆准备了一个很大的竹筒，平时有残羹剩饭，就偷偷往里面倒。寒山来了就把竹筒背回去，欢天喜地的。

寒山有诗云："泉声响，抚伯琴。有子期，辨此音。"拾得就是他的钟子期。寒山的诗以前给树上的叶子看，给水里的石头看，给过路的蚂蚁看，现在至少有拾得看了。

寒山出家后，无论在“春鸟鸣”的时候，还是“秋菊烂”的季节，经常“思发生”“思弟兄”。他肝肠寸断地思念亲人，其所思念的地理方位指向长安：“哀哉百年内，肠断忆咸京。”

来天台山时寒山35岁。76岁时他曾返回过故乡长安。亲友“太半入黄泉，渐灭如残烛”，在目睹了长安的沧桑变化之后，寒山重回天台山，继续写诗，继续念佛，继续疯癫。

寒山诗道：“凡读我诗者，心中须护净。悭贪继日廉，谄曲登时正。”其实，他真没有几个粉丝。他的知音拾得也早就圆寂了。没有了拾得的寒山是寂寞的：

杳杳寒山道，落落冷涧滨。
啾啾常有鸟，寂寂更无人。

到了冬天，山上很冷，冰雪覆盖了青山，待到太阳出来，冰雪融化，天气暖和了，寒山才能感到舒服：

寒山寒，冰锁石。藏山青，现雪白。
日出照，一时释。从兹暖，养老客。

寒山活了多久，至今仍然是个谜。依据他“老病残年百有余”

的诗句以及其他文献可以推断，寒山的寿命在百岁以上。

长寿的寒山生前并不出名，大唐的诗坛没有他一席之地。他写诗不出名，主要原因有两点。

一是寒山躲在山上做清苦和尚，没机会混大唐的诗人圈子，没有和同时代的李白、王维这样的诗坛名人你唱我和打成一片，无人抬举，当然就没有名气。

二是他写的是白话诗，太通俗，太随性。时人因此觉得寒山的诗很没有文化。

寒山的诗是这样的。

吾心似秋月，碧潭清皎洁。
无物堪比伦，教我如何说。

高高顶峰上，四顾极无边。
独坐无人知，孤月照寒泉。

千云万水间，中有一闲士。
白日游青山，夜归岩下睡。

石床临碧沼，虎鹿每为邻。
自羡幽居乐，是为象外人。

倏尔过春秋，寂然无尘累。
快哉何所依，静若秋江水。

碧涧泉水清，寒山月华白。
默知神自明，观空境逾寂。

寒山诗艺算不上高超，但是他的诗有个性啊，辨识度很高。

和画家梵高一样，寒山生前寂寂无名，身后却声誉日隆。他死后多年才有人收集他的诗。结果，一时被人追捧，他的诗被誉为“寒山体”，寒山成为一代宗师。后来白居易、苏轼、陆游等都是他的超级粉丝。他一辈子没有正式进入哪所寺庙剃度，但是唐朝苏州城外的一座著名寺庙（寒山寺）却以他的号命名。

唐朝诗人张继仅凭一首“姑苏城外寒山寺，夜半钟声到客船”便跻身大诗人行列。该诗在日本家喻户晓，入选小学课本。后来日本干脆在青梅山建了一座寺庙，也叫寒山寺，高仿苏州寒山寺。

在日本，寒山和白居易一样，拥有大量的粉丝。大家公认寒山诗对日本的俳句、短歌有深远的影响。常有日本人千里迢迢赶在除夕之夜到寒山寺听钟声，拜和合二仙。明末寒山寺的大钟流落日本，康有为因此作诗道：钟声已渡海云东，冷尽寒山古寺风。

再后来，寒山的诗被西方汉学家大量翻译后风靡于西方，寒山成为西方嬉皮士的精神领袖。那蓬头跣足、风中大笑的形象让西方人觉得他实在太酷了。

在美国非常流行的《中国文学选集》里，选寒山的诗最多，远超李白、王维这样的大神。美国作家查尔斯·弗雷齐埃有一本小说《*Cold Mountain*》，该书备受赞誉，后又拍成电影。书和电影之名，中文都译作《冷山》。但这是错的，应改译为《寒山》。因为该书书首的引语用的就是寒山的诗：人问寒山道，寒山路不通。

《人问寒山道》如下：

人问寒山道，寒山路不通。
夏天冰未释，日出雾朦胧。
似我何由届，与君心不同。
君心若似我，还得到其中。

生前籍籍无名，估计寒山也不会想到他的诗歌日后会冲出亚洲，走向世界。但是寒山对于自己的诗多多少少还是自信的。正如其诗中所写："有人笑我诗，我诗合典雅。不烦郑氏笺，岂用毛公解。不恨会人稀，只为知音寡。若遣趁宫商，余病莫能罢。"

对那些对自己的诗歌指手画脚、说三道四的人，寒山不以为然，反过来嘲笑道："我笑你作诗，如盲徒咏日。"意思就是说：你们别笑我，我还笑你的诗里空空洞洞，根本没有啥实在玩意儿呢！

寒山说：下愚读我诗，不解却嗤诮。中庸读我诗，思量云甚要。上贤读我诗，把着满面笑。杨修见幼妇，一览便知妙。

哼，能读懂我诗的是聪明人，不喜欢我诗的都是愚人。

寒山诗作的奥妙何在？其实就在于其中蕴含着丰富的佛教思想，所以寒山说“若能会我诗，真是如来母”，意思是说，如果真正理解了我的诗歌，也就真正理解了佛教的真谛！

寒山是把对佛教的理解与修行的体验和总结都融会在通俗易懂的诗歌里了。一世劝人以口，百世劝人以诗。这是一位修行家多么良苦的用心啊！

是啊，寒山这个科举落榜者的诗即使在高亢激昂的盛唐之音回荡的时代里，也具有蓬勃生机和朴爽之美。

寒山是一位真正的、纯粹的诗人。穷苦成癫，嬉笑成仙，他用一部《寒山子集》为自己加冕。

十二

残卷灰飞，孤本烟灭

多少诗篇如花谢

——你读到的每一首唐诗都弥足珍贵

某一年，宋真宗和群臣聚会，正欢乐中，宋真宗心中突然浮现了一个奇怪的问题：唐朝的酒价是多少？在座的谁也不知道，大好的气氛顿时尴尬起来。

这时，一个叫丁谓的官员打破沉默，自信地说：陛下，“唐朝的酒每升三十文钱。”

宋真宗忙问为什么。丁谓笑一笑，说：“臣在唐诗里找答案。记得杜甫有诗‘速须相聚饮一斗，恰有三百青铜钱’。换算一下，那就是三十文钱一升。”聚会结束，宋真宗就给丁渭升了官。唐诗中自有黄金屋啊！

那么，今人能接触到的唐诗有多少首呢？如同绝世武功降龙十八掌，一代一代往下传，一代一代遗失几招一样，宛若一树灿烂的桃花般的唐诗，大多都湮灭于历史之中，只有零零散散的几瓣散入我们的掌心，令人叹息。

古往今来收集唐诗最多的一个集子《全唐诗》，共收录了四万多首唐诗。编纂《全唐诗》是清朝康熙皇帝亲自主抓的一项重点文化工程。成书以后，康熙皇帝非常满意，欣然写序。在序言中，康熙皇帝明确指出：该套丛书收集了唐诗四万八千九百余首。

其实这个数字不准确，后来日本学者平冈武夫重新数了一下，一数就是大半辈子，最后有了答案：应该是四万九千四百零三首。

四万多首听起来不少，其实真不多。四万多首是个什么概念呢？乾隆皇帝寿命又长，笔头又勤，一个人一辈子就写出了四万多首诗。

一般来说，唐朝的诗人在不早逝的情况下，一辈子写上万首诗是很平常的，而唐朝有那么多写诗的人：读书人和做官的基本都是诗人，军队里有诗人，游侠里有诗人，农夫里有诗人，隐士里有诗人，妓女里有诗人，和尚道士里有诗人，监狱里关着诗人，看守监狱的还是诗人……

所以说，这现存的不到五万首唐诗简直是沙漠里的一粒沙子，大海里的一滴水！我们今天读到的唐诗不过是灰烬里淘出的残锦剩绣。

诗圣杜甫，目前所见的作品都是他四十岁以后写的，年轻时写的诗只能读到零零星星的一两篇了，例如“会当凌绝顶，一览众山小”。

诗仙李白，一生写诗上万首，但我们现在可见的只有一千来首。王维的上万首诗，留下来的只有四百多首。而以“白日依山尽，黄河入海流。欲穷千里目，更上一层楼”闻名的王之涣，只流传下来四首。

还有更少的。“春江潮水连海平，海上明月共潮生。滟滟随波千万里，何处春江无月明……”没错，这就是旷古绝今、“孤篇压全唐”的《春江花月夜》。它的作者是张若虚。张若虚的诗现存只有两首。

张若虚当年在长安城与贺知章、张旭、包融这几个江南才子并称“吴中四士”，可是诗坛响当当的一个人物。但是他的绝大部分作品说失传就失传了！

就连《春江花月夜》，能流传至今，也挺不容易。

这首诗写于初唐，但是整个唐代，十余种诗选，没有一本选录此诗。不仅唐诗选本无载，在从唐至明的二十余种诗话中也无一字提及。眼看这首诗也要消亡在故纸堆里了，直到明嘉靖年间，李攀龙才及时地挽救了它，将其选编进了《古今诗删》。好悬啊！

当年，那些诗人潇洒地提起笔来，把诗写在纸上。来上一把火、几只虫子、一场雨或者一季的梅雨天、一场战乱……这些诗就不在了。

当年，那些诗人把诗题在芭蕉叶子上，题在情人的衣裳上，题在驿站的墙壁上……而芭蕉碧绿光洁的叶子会枯萎，情人的衣衫会破烂，驿站的墙壁会被重新粉刷甚至会塌掉……那些诗就不在了。

当年，工匠把那些诗刻在石碑上，铸在铁钟上。可是石碑会裂损，会被农夫抬回家垒猪圈。铁钟会生锈，会被打碎了铸成一堆菜刀和铁犁……那些诗就不在了。

当年，诗人念诗给好多人听，爱人、朋友、考官、同僚……那些人不是每首诗都能记得住，记住了不见得会再读给下一个人听。到最后，这些人都死了……那些诗就不在了。

当年，诗人在高楼上、在江边、在山顶、在月光下……甚至对着一个树洞朗诵过自己的诗篇，可是只消来一阵风……那些诗就不在了。

诗这东西啊，命硬的时候，仅靠口口相传，一代人一代人百年千年传接力棒一样，也就传下来了；命软的时候，一阵风就吹走了。

写出“无为在歧路，儿女共沾巾”的王勃，写出“身无彩凤双飞翼，心有灵犀一点通”的李商隐，他们都曾出过诗集，想让自己的诗永世流传。这些诗一年又一年、一步又一步朝我们走来，但一路走到明朝，大多就亡佚了，成为“传说”。

为什么呢？因为在唐朝，图书的装帧形式为“卷书轴”和“经折装”。“卷书轴”长长地卷成一大捆，“经折装”是左右折叠起来。唐人诗集就写在“卷书轴”或者“经折装”上。

到了明朝，出现了咱们现在所阅读的这种图书——“册页书”或“翻页书”。所以坐着卷书轴和经折装这种老牛破车的唐集，一到明朝，就要换册页书（翻页书）这辆快马新车了。只有极少数唐集上了车，上不了车的就被历史淘汰了。

更何况，从唐朝到明朝，一千多年，纸张太脆弱了，会被烧成灰，会被撕烂，会被虫蛀，会生霉……它们在前往“明朝站”的途中就出事了。在前面几篇文章中已经提过了：李贺死后，他的诗稿被人丢进了厕所，遗失了不少；杜牧晚年把不少诗作都烧掉了。

仔细想想，唐朝的诗人整理一本诗集是很不容易的。油灯下，握支毛笔抄呀抄呀，熬了十天半个月才抄了一半，回头一检查，居然有好几个错字，于是开始犹豫要不要抄下去。

再加上唐朝人寿命短，要是诗人过早离世，诗集还未定稿，那就麻烦大了。文人又相轻，没有深厚交情，死后别人主动给你整理文稿的几率不大。一堆诗稿放在墙角就等着老鼠磨牙吧。

李白年轻的时候在四川结识了一位善于弹琴的和尚，“蜀僧抱绿绮，西下峨眉峰。为我一挥手，如听万壑松……”和尚弹琴的时候，李白就在一边吟唱。

李白要走了，和尚送了一程又一程，最后还追上来送了李白一件非常珍贵的礼物，一本诗集，里面抄了陈子昂的十来首诗。和尚嘱咐道：“收好吧，世上就这一本。别丢了，不然陈子昂先生这些光芒万丈的诗就不存于世了！”

李白若有似悟。过了很多年，李白行将去世，他对族叔李阳冰千叮咛万嘱咐：“一定要把我的诗稿保存好，别丢了，不然我这些光芒万丈的诗就不存于世了！”

李阳冰不负重托，整理出了李白诗集《草堂集》，但悲剧的

是，这个集子最后还是失传了！

我想说的是，我们在读一首穿越千年，流传至今的唐诗的时候一定要心存感恩。因为一首唐诗能流传下来是它的幸运，我们能够读到它则是我们的幸运。

有人也许认为，能流传下来的，肯定是好的，没有流传下来的，肯定是不值得读的。大浪淘沙，去伪存真，所以我们不必惋惜。这种想法并不正确。

还是拿李白来举例吧。李白写诗上万，留下的上千，是不是说那遗失的九千多首就不优秀呢？不一定。李白作品中，压轴镇场大杀器《宣鸿猷》就没有保留下来。对于这部作品，当年读过的人都觉得好得不得了，其中有个叫任华备的，是这样夸赞的：清人心神，惊人魂魄，司马相如看了都会惭愧。但是，这首《宣鸿猷》愣是没有流传下来！

所以说，唐诗能够流传下来的，不一定跟才华有关，但一定跟幸运有关。

明朝杨慎——他便是《三国演义》篇首词“滚滚长江东逝水，浪花淘尽英雄……”（《临江仙》）的作者。他功德无量的一件事就是发现了一首诗。那是在北京的古幽州台寻找创作灵感时，杨慎无意中发现了一块字迹模糊的破石碑，仔细辨认，竟然是陈子昂的《登幽州台歌》：

前不见古人，后不见来者。
念天地之悠悠，独怆然而涕下。

这苍凉悲壮！这寂寞苦闷！没有《登幽州台歌》，陈子昂还是陈子昂吗？偏偏明朝时期流传的陈子昂的诗集中就没有这一首《登幽州台歌》。《登幽州台歌》是幸运的。它“冬眠”了那么久，终于又活了过来。

1978 年，考古工作者在湖南长沙出土的唐代瓷器上发现了一首诗《君生我未生》，作者已经不可考了：

君生我未生，我生君已老。
君恨我生迟，我恨君生早。

这首诗就这四句，所有网上流传的其他的版本，都是伪唐诗，是今人狗尾续貂的作品。

还有一种伪唐诗挺特别，因为它竟然是唐朝人的伪作。

李白有个崇拜者叫李赤，是唐德宗时苏州的一个读书人。他崇拜李白到什么程度？其实他不姓李也不叫赤，为了听上去像李白的兄弟，就干脆改名了。非但如此，李赤还将自己的诗作混迹于李白的诗集中。

于是就出现了一首叫作《姑熟溪》的诗，说不清楚究竟是李白所写，还是李赤的鱼目混珠。直到现在，还是一段无头公案。此诗如下：

爱此溪水闲，乘流兴无极。
击楫怕鸥惊，垂竿待鱼食。
波翻晓霞影，岸叠春山色。
何处浣纱人，红颜未相识。

前边提到，康熙皇帝曾亲自主抓了一项重点文化工程——编纂《全唐诗》。他做这事心里有谱，因为大清皇家图书馆里有两套现成的唐诗总集。

这两套唐诗总集的作者，就是前朝两位老先生。一位是胡震亨，他曾出仕为官，后来主动辞职回家。某日，他在家中读《唐诗记》，结果发现唐高祖李渊的一首诗未被收录。于是，胡震亨决定自己编一部唐诗集。

为何他有这个底气呢？只因老先生家里有座祖传的藏书楼，名叫“好古楼”，楼中藏书万卷。于是乎，花了十多年工夫，胡震亨躲进好古楼，编成了足有上千卷的唐诗选集《唐音统签》。

老先生死前嘿嘿一笑：有此大功劳，李杜诸诗家必在黄泉备美酒候我。

第二个是钱谦益老先生。此人为明代高官，明亡后降清，于大节有亏。后来他辞官回乡，在自家的藏书楼“绛云楼”开始编唐诗。这项工作直到他八十三岁过世也未完成，清代学者季振宜接手，又耗时十年，才编成了《汇集全唐诗》。

有了这部著作打基础，又动用皇家资源，召集天下英才，再根据残碑断碣稗史杂书来拾遗补缺，康熙朝的皇皇巨著《全唐诗》只用了一年时间就编成了。

当然，如此大型的唐诗全集难免有错。比如说，《全唐诗》里收录了这么一首《过洞庭》：

西风吹老洞庭波，一夜湘君白发多。
醉后不知天在水，满船清梦压星河。

这首诗作者叫唐珙，其实是元朝人。

不过毕竟瑕不掩瑜，《全唐诗》的编成，当然是一件大功德。康熙安排扬州织造曹寅负责刊刻《全唐诗》，花了两年时间，这活儿干成了，干得很漂亮。印刷精美、校勘谨严，成为清代雕版史上的典范之作。

《全唐诗》大矣美矣，但是尴尬的是，量太大，常人难以全读。更何况，《全唐诗》中百分之七十的诗都是应酬之作，读来不免无趣。到了乾隆年间，沈德潜编了一本《唐诗别裁》，精中选精，收录诗歌一千九百二十八首。

普通人觉得还是有些多啊。于是，蘅塘退士又给《唐诗别裁》瘦了瘦身，编成了《唐诗三百首》。说是“三百首”，其实收录了诗歌三百一十首。

《唐诗三百首》两百多年来一直畅销，成为华语世界中流传最广、影响最大的唐诗普及读本。

回过头来从主持刊印《全唐诗》的曹寅这里再起话头吧。

一朝天子一朝臣。曹寅在政治上站错了队，康熙死后，曹家被继任的雍正帝抄家，就此败落。

曹家的败落却成就了文学史上的一座巍巍高峰——《红楼梦》。是的，曹寅的孙子就是《红楼梦》的作者曹雪芹。

曹雪芹是小说家，也是诗人。《红楼梦》里林妹妹的“花谢花飞花满天，红消香断有谁怜”，那其实不是林妹妹写的；贾宝玉的“滴不尽相思血泪抛红豆，开不完春柳春花满画楼”，那也不是贾宝玉写的……书中的绝美的诗词都是曹雪芹写的呀，曹雪芹不是诗人是什么？

《水浒传》《西游记》等古典小说中都有诗歌，但你把它们删掉，不但不影响阅读，反而觉得读起来更顺畅了。

《红楼梦》不同，《红楼梦》中的诗词是为推动情节和塑造人物以及揭示主题服务的。你说“满纸荒唐言，一把辛酸泪”能删吗？“一个是阆苑仙葩，一个是美玉无瑕”能删吗？“从前碌碌却因何，到如今回头试想真无趣”能删吗？

当然不能！

《红楼梦》里，曹雪芹借黛玉之口，说学作诗先学王维、杜甫、李白，“肚子里先有了这三个人做了底子”。

曹雪芹必定是肚子里有了《全唐诗》做底子，才有了日后的锦心绣口。

金庸是清朝大诗人查慎行的后人。据金庸的回忆文章描述，他小时候时常到放杂物的老屋去玩，屋子里堆放着大量的雕版——祖上刻印诗集留下来的。

曹雪芹小时候必定也去过《全唐诗》的刻印作坊，在木花和油墨的清香里，一缕光打到他的脸上，他懵懵懂懂地拿起了一页刚印好的纸，上面的字一个一个念过去：

秋阴不散霜飞晚，留得枯荷听雨声。

很多年后，他在《红楼梦》中写道，林妹妹不喜欢李商隐，但是最喜欢李商隐的“留得枯荷听雨声”一句了。

多如恒河沙数的唐诗流传到现在，如日出雪消，如月隐星稀，算是花落叶残了吧。但是在敲打于荷叶上的雨声里，我们还是听到了梦里大唐的声音，那么清晰，那么真切：

有玉门关怨杨柳的羌笛，

有春眠不觉晓时的处处鸟啼，

有桃花潭水边传来的踏歌声，
有独坐幽篁里的琴声与长啸，
有风急天高时猿猴的阵阵哀啼，
有飘到客船的寒山寺的夜半钟声，
有浔阳江头的琵琶曲，
还有那，欸乃一声，烟消日出，山水绿了……